聽說，明天地球會毀滅

佐渡遼歌 著

目次

1. 綽號是「蝙蝠」的高中少年的情況

注意到螢幕跳出的提醒之前，我正沉迷於最近很流行的手機遊戲。

發射小兵到敵方陣地，只要擊敗敵方兵力就能夠占領方格，在每次的倒數歸零之前，端看哪方的占據地盤較多者為勝。

遊戲方法相當單純，然而也正因如此才容易令人沉迷其中。

喇叭播放著時下流行的美國歌曲。

我總是將本周排行榜前十名的歌曲全部下載到電腦，接下來的七天就持續循環播放十首歌。原本以為這麼做能夠多少提升英文聽力，然而聽了幾周之後就知道這麼做毫無用處，儘管如此，我依然繼續聽著半句歌詞都不懂的歌曲，畢竟當初一口氣買下一整年份的下載額度，不用未免太過浪費了。

電吉他和爵士鼓交錯的旋律在耳邊迴盪，儘管聽了不下數十次，我依然只能夠隱約聽懂「Yesterday」、「My love」和「Tears」這些單字。

這個時候遊戲的對手忽然使用大量道具同時拋射三位五星角色來到我的地盤深處，眨眼之間就打破對峙的局面將我的防守陣容瓦解殆盡，不及倒數歸零就獲得完全勝利。

螢幕頓時切換成對手角色耀武揚威的畫面。

「呿，垃圾遊戲。」

我憤然滑掉遊戲視窗，壓抑著內心想要出拳發洩的衝動走向浴室打算沖涼，用力脫掉上衣、運動褲和內褲。或許是赤身裸體和憤怒的情緒互相抵銷，將內褲揉成球狀以完美的拋物線扔入衣架旁邊的粉紅色塑膠洗衣籃的時候我已經覺得無所謂了，然而既然衣服都脫了，我還是依照原先計畫踏入浴室，藉由迎頭澆下的冷水讓情緒恢復平靜。

不得不承認這麼做相當有效。

尤其為了節省電費，房間內空氣流通的任務全部仰賴立式電扇，然而即使它「喀喀喀喀」地瘋狂轉動扇葉，依然只是鼓起熱風吹向更多熱空氣的地方。雖然將頭手伸出窗外可以感受到夏夜的沁涼微風，然而房間內部卻是汗如雨下。

托此之福，放學回到租屋處之後，我通常得洗上三次澡。

三次澡的水費和三個小時的冷氣電費究竟相差多少我其實並未認真計算過，不過應該可以省下不少錢吧。

洗完澡之後可以半裸著身子在房間走動，這個也是一個人住的好處。

當初填選高中志願的時候我刻意挑外縣市的學校，為的就是能夠獨自生活。

不滿四坪的房間擺放電腦桌、衣櫥和單人床等必要家具之後就只剩下一條狹窄通道，而緊鄰大門浴室兼廁所的隔間甚至小得無法伸直手腳。儘管如此，我依然因為得到生平第一個完全屬於自己的房間而高興不已。

調整好心情之後，我換穿成輕便的T恤和海灘褲，拿起手機準備進行復仇戰，結果卻是三戰三敗。

「這個遊戲究竟有沒有做好平衡測試啊！根本砸錢就贏啊！」

心情的煩躁似乎也體現在身體的其他部分，明明剛洗完澡不到十分鐘的時間卻覺得又要流汗了。抱持著某種自暴自棄的心情，我奪起冷氣的遙控器按下按鈕，然後站在出風口的位置，親身感受科技的偉大。

當房間的溫度降至適合人居的時候，我走到電腦桌面前，隨意瀏覽著社群網站。

旅遊的照片、食物的照片、美女的照片、動物的照片、外國街道的照片和嬰兒的照片，類型都在預料當中，儘管如此，我依然彷彿遵照某種規則似的從最上面一一流覽，直到出現曾經看過的動態消息為止。

結束之後我有種悵然若失的感覺，反射性地伸手拿起手機，直到想起剛剛浪費時間又屈辱的連敗才再度放下，轉而打開歐美趣圖的網站和論壇。

不多時，某則刷新的討論串標題恰好映入眼簾。

「——聽說，明天地球會毀滅。」

發言的人是「See3823798」。

雖然網路已經算是澈底融入現代社會當中的物品，並非像老爸老媽那種連如何收發信件都不曉得的年代，然而我仍然見過不少直接將本名或密碼用來當作帳號名稱的笨蛋。

姑且複製那串帳號，貼到搜尋引擎進行搜索，不過大多跑出莫名其妙的英文網站，點進去第三個連結之後依然是英文的網頁就放棄了。

反正不可能有人會認真地討論這種事情，更像是無事可做的無聊學生為了打發時間而貼出的主題。

「釣魚的技術未免太差勁了。」

儘管如此，這則貼文仍舊吸引了我的注意力，即使正在打遊戲或看影片，趁著空檔不時切換到討論串看看有沒有新回應，然而大概是內容太過荒誕離奇，過了數十分鐘都沒有任何人留言回應。

我開始思考要不要當第一位發言的勇者。

在我猶豫的時候忽然有一位帳號名稱是「蟋蟀」的網友發言。

「——這樣的世界毀滅了或許也不錯。」

一位名為「灰色大熊」的網友接著回應。

「——如果明天真的是世界末日，我想應該會找女兒吃頓飯吧。」

與之同時，又有一位「玻璃舞鞋」的網友占據了三樓。

「——那樣就不用上班了！萬歲！」

雖然只是三則回應，不過時間幾乎重疊在一起，讓我湧現某種高昂的情緒，急忙端正坐姿準備參與。

「那麼我會——」

打完這四個字之後，我猛然停止動作。

指腹碰觸著F鍵和J鍵的小突起，似乎有股微小的電流倏地竄到後頸。

假如明天真的是世界末日，地球毀滅了，大家都死了，所有的一切都結束了……我又會利用這段最後的時間做什麼？

接觸著鍵盤按鍵的指腹逐漸失去知覺。某種令脊背發癢的情緒如同電流般四處流竄。「揮霍所有財產盡情玩耍」這是許久之後好不容易浮現腦海的念頭，然而實在太過庸俗了。「和相愛的人好好道別」這次卻又太過陳腐，況且自己並沒有女朋友。「做一件瘋狂的事情」、「如同往常的日子平淡度過」、「重新玩一次最喜歡的遊戲」和「到一個可以眺望地球毀滅的高處親眼見證最後一刻」這些念頭也接連浮現，然而不是太過平凡就是太過無趣。

最後我將所有內容消除，重新打出一個回應。

「──蠢死了。你們這群認真討論的智障。」

確定送出之後我直接拔掉電源插頭，將自己摔到床鋪，一邊伸手試圖摸到牆壁的開關一邊彎曲身體用腳將掉在地板的薄棉被勾回身邊。

冷氣機嗡嗡作響。

那是唯有在睡前才會注意到的聲響。

視野尚未習慣漆黑，即使我睜開眼也什麼都看不到。

直到睡著之前，我忽然想起那款遊戲會在零時開始新的任務活動。

一瞬間打算起身打開遊戲以免落後其他玩家，然而一想到明天是世界末日而自己仍然為了這種不可能獲得任何結果的遊戲浪費時間就覺得很空虛。

我維持著躺在床鋪而單手拿著手機的姿勢沒有動靜，湊著窗外透入的光線凝視倒映在漆黑螢幕的自己的臉孔，直到睡著。

✣

隔天是個悶熱無雲的夏日晴天。

雖然目前正值暑假期間，然而如果加上暑期輔導的天數，長達兩個月的假期瞬間縮減至兩周不到，讓人不禁懷疑既然如此為什麼要特別制定暑假，直接讓學生放假兩周然後繼續正常上班上課不是更好嗎？

打從清醒的瞬間大腦就以高速思考諸如此類的疑問，然而某處卻也極為冷靜地知道這些想法只是為了替逃避暑期輔導找一個明正言順的藉口。

儘管如此，如果正當藉口這麼輕易就可以想到，過去數天的我也不會繼續孜孜矻矻地前往學校。當陽光逐漸移動到枕頭的位置，受到日曬直射的我不得不起身離開床鋪，同時中斷大腦的思緒，前往浴室盥洗。

用冷水洗完臉之後總覺得清醒不少，我換上稍嫌太大的制服，將手機塞入書包，離開租屋處。

租屋處的位置距離高中約有十分鐘的路程，途中會經過不少家早餐店。我通常都順路挑選剛好沒有客人的店家購買三明治和奶茶。

身穿同樣制服的學生們三三兩兩地成群行動，就像受到強力磁鐵吸引的小鋼珠一樣紛紛向學校集中。無論有多麼疲憊、無力或愛睏，最後依然會出現在教室，畢竟小鋼珠絕對無法違逆磁鐵的磁力。

我開始思考有什麼方法可以讓小鋼珠不受到磁力吸引，然而尚未得到結論就已經踏入位於校舍二樓的教室了。

飛快掃了一眼，教室只有十多位同學。大多數的人都坐在座位吃早餐或趕作業，只有角落聚集了三名男同學正在玩手機遊戲，不時高聲吵鬧。由於自己的座位正好在那群人勉強會察覺的附近，我先做好打招呼的心理準備才邁出腳步。

就像遊戲當中有一條只要超過敵人就會進行攻擊的反應線，現實中也有類似的系統，只不過是以打招呼代替攻擊。

「——早。」

埋首於遊戲的三人各自用眼角瞄了眼，最靠近我的那位同學隨口說：

「喲，蝙蝠今天這麼早就來了？」

我開始思考該如何接續這個話題，然而那位同學在說完的瞬間就轉開臉龐，繼續拼命敲擊手機螢幕。從音樂可以判斷應該是我最近也在玩的那款拋擲兵力的遊戲。

將書包掛到桌沿，我默默坐下。

最初使用「蝙蝠」這個稱呼的同學是誰已經忘記了，不知不覺間所有人都使用這個綽號稱呼我，有時候甚至老師也會脫口叫出這個綽號。

我認為這個綽號相當貼切，沒有什麼不好。

至少比起被當作視而不見的透明人更好。

在國小三、四年級的時候，同學們有個共識——即是「不要和那名同學太好」。

那名女同學蓄著剛好碰到肩膀的半長髮，戴著眼鏡，個性相當文靜，說話總是略帶膽怯的輕聲細語，成績也在平均之上，在我看來就是一名普通平凡的女生，儘管如此，我也沒有主動釐清事情全貌的行動力和意願，同班的兩年間表現得對此事漠不關心，繼續和其他同學一起無視她。

小學生的作法雖然簡單卻出乎意料地難以被老師抓到。

我們不會明目張膽地做出排擠的舉動，分組活動的課程那名同學最後也總會找到同伴，如果被她搭話大家也會回答，然而私底下沒有任何人會主動和那位女同學說話。

沒有人明目張膽地表現出對於那位同學的厭惡、敵意或怒氣，單純就只是漠不關心地無視她。

我直到今日仍然不曉得大家為什麼要這麼做。

或許大部分的同學也和我一樣，不曉得原因，單純順應著這股氣氛。

分班之後，某次全校集會的時候我偶然瞥見那名同學將頭髮留長、綁成馬尾，露出從未見過的燦爛笑容和同學們嘻笑打鬧。

明明只是短暫的一瞥，然而那個畫面始終鮮明地烙印在腦海，現在即使從遠處看見綁馬尾的女生我依然會立刻想起那個畫面。

現在這個班級雖然沒有以捉弄人為樂的同學存在，然而依然有些許狀況。像是有一些人會故意無視某位同學；有一些人會半開玩笑地要某位同學去福利社幫忙買飲料；有一些人會故意在擦身而過的時候用肩膀撞人；有一些人總愛大聲鼓譟推舉某個人接下各種職務，然而這樣的班級才正常吧。

如果所有人都和樂融融地相處，朝氣十足地認真向學，只要發現同學有困難就露出微笑全力幫忙，那樣的畫面實在太過驚悚了，光是想像就覺得寒毛直豎。與之相比，我寧願待在現在的班級，在角落的位置縮著肩膀閱讀小說，默默倒數著距離畢業的天數。

孤高或特立獨行並非壞事，不過唯有少部分的人能夠處之泰然。

譬如4班那位據說和模特兒公司簽約而被公認為校草的葉冠勛、11班那位父親是財閥董事因此自視甚高的黃士鳴、7班那位據說透過父親的教師職務每次考試都作弊而名列前茅的唐語煙、2班那位連其他學校學生都聽過她的名字的校花秦凱欣以及10班那位自稱家裡是黑道世家的魏奕澄。

即使是我也時常能夠聽見關於他們的各種傳言，某種程度看來，他們同樣被其他人所孤立，儘管如此卻利用更強大的魅力讓人群聚集在自己身邊或怡然自得地享受這份孤獨。

我沒辦法做到那種程度。

因此只能夠像生長在路邊牆角的雜草，哪邊吹來的風比較強就順服地擺動。

這個時候上課鐘聲敲響，間接打斷思緒。

老師說她總是在上課鐘響的時候離開辦公室，走進教室正好會是三分鐘後。這段時間我們必須讓浮躁的情緒沉澱，調整心態準備好上課，然而同學們依然故我地聊天、嬉鬧，直到聽見老師的腳步聲才猛然安靜。

「早。」

老師邊說邊用急促的腳步踏入教室。

同學們也大多切換成上課模式，有人取出文具擺在桌面，也有人開始盯著某處放空發呆。

學校生活相當無趣，每天都是重複的行程。

早自習，課程，課程，課程，課程，午休，課程，課程，課程，課程，放學。

即使偶爾會有社團活動、演講或運動會等活動夾雜其中，依然不會改變

我也明白身為學生，每天該做的事情就是不停讀書考試，然而如果放遠角度來想，未來的自己應該也是如此吧。

如果成為上班族，每天就是不停應付客戶；如果成為麵包師傅，每天就是不停烤麵包；如果成為律師，每天就是不停為他人辯護；如果成為醫生，每天就是不停看病；如果成為司機，每天就是不停開車；如果成為理髮師，每天就是不停剪頭髮；如果成為農夫，每天就是不停種植作物；如果成為導遊，每天就是不停帶團旅遊；如果成為譯者，每天就是不停翻譯文字；如果成為棒球選手，每天就是不停打棒球。

任何人每天都必須不停重複做著相同的事情，毫無例外。

為了獲得薪資以及維持社會機能的平衡，我認為這是無可避免的犧牲。畢竟如果每個人都可以隨

心所欲地變換工作肯定會令社會大亂。

——既然如此，有沒有每天工作內容都有所變化職業？

我忽然對這個湧上心頭的疑問感到好奇，隨即利用課本作為掩護，拿出手機查詢。關鍵字讓我煩惱了好一會兒，變化了幾次總算成功看見其他網友整理出來的奇特職業列表。

冒險家、標題代書、時間管理顧問、侍酒師、損害評估師、節目旁白、貴金屬寶石加工師、婚禮規劃師、房地產估價師、古董軍火拍賣商、狗糧品鑑家、忍者、佛像修補師、義肢調整人員、惡臭判定人員、動物溝通師、放射物質管理師、植物醫生、神職人員、屍體化妝師、大麻取締官、宇宙旅行規劃專家。

比想像更加大量的職業名稱令我眼花撩亂，同時情緒無法遏止地逐漸高漲。

原本我一直以為冒險家不過是存在於故事當中的職業，沒想到現實當中竟然真的有以此為生的人。除此之外，日本也有以「忍者」為職業的人，雖然深入瞭解才發現那是介於服務業和運動員之間的職業，主要工作內容並非暗殺而是在以忍者為主題的遊樂園擔任導覽以及現場表演。

這是理所當然的事情，卻讓我不免感到失望。

我認真地一一流覽每項職業，看見有興趣的名稱就點選連結查看工作內容。

當我把列表從頭到尾都看過三次之後，不禁轉換思考方向，搜尋那些不會出現在政府網站的職業。

海盜、奴隸販子、毒梟、黑手黨、強盜、殺手、綁匪、傭兵、恐怖份子。

出乎意料的，這方面的職業也相當多樣化。

雖然這些職業的工作內容應該也富含變化性，然而畢竟違法，從事的風險難以估計，我想自己還是別將上述職業納入選項當中吧。儘管如此，察看這些職業的工作內容依然相當有趣。

當我正在閱讀美國官方公布世界十大毒梟的個人資料時，有位同學忽然傳了一長串連結過來，反射性點擊的下一秒，螢幕頓時出現一位看著日本動畫捧腹大笑的黑人青年，喇叭同步傳出笑聲。

——可惡！這是那種將切到靜音模式也沒用必須直接關掉網站的音量才能夠消音的影片嗎？大腦隨即理解到這點，然而任憑我的手指速度再快也不可能快過音速。

低沉渾厚的笑聲轉瞬之間就傳遍教室。

一秒後，我的食指按在螢幕中央的暫停鍵，總算停住笑聲。

儘管如此，這麼做對於教室內凝固的空氣毫無改善，各自憋笑的同學們紛紛看向我的位置，手機也連續跳出好幾則班級群組的新訊息。

雖然慢了一拍，不過正在書寫歷史年號的老師轉過身子，精準看向我的座位，然後用慢條斯理的動作將粉筆放入溝槽，繃緊臉繞過同學掛在書桌兩側的書包和提袋，走到我的座位旁邊。

前座的女同學原本正在用指甲剪剪著髮尾，注意到老師的身影之後迅速將雙手放入抽屜，露出若無其事的表情轉頭瞥了我一眼。

「交出來。」

面無表情的老師用手指關節輕敲著講桌桌面。咚、咚、咚的。讓我的心臟也不禁加快跳動的頻率，急忙遞出手機的時候卻因為手汗而差點讓手機摔落地面，幸好及時握緊手指才避免了一場慘劇。

「交出來。」

老師冷淡重複。

我將手機放到老師攤平的掌心，停頓片刻，低頭說：「對不起。」

老師不發一語地轉身走回黑板前面，將手機放到講台之後拿起粉筆繼續抄寫板書。

手機被沒收了。

話雖如此，心中卻意外覺得無所謂。

畢竟今天晚上地球就要毀滅了，與其浪費時間在手機不如用在更加重要的事情上面……雖然我一時之間也不曉得何謂「更重要的事情」。

在這樣胡思亂想的情況下反而令時間流逝得更快，回神的時候就聽見下課鐘聲了。

同學們紛紛起身，各自前往廁所或福利社。

聽著桌椅碰撞的聲響，內心冷不防地浮現一個念頭。

——既然今天是世界末日，那麼就翹課吧。

✣

生平第一次翹課。

光是湧現這個念頭就讓我的情緒激動不已，必須握緊拳頭才能夠勉強抑制，話雖如此，如果上課時間在校園亂晃隨時有可能被教官抓到，因此翹課的最好時機是10分鐘的下課時間。

考慮到風險問題，我只好繼續待在教室，利用無聊歷史課的時候仔細琢磨計畫。

首先是離開校園的方法。

近年來校園安全問題受到重視，本校四面八方都矗立三公尺高的圍牆，唯二的出入口只有正面校門和體育館旁邊的鐵門車道。一開始就是困難的抉擇。

校門口的警衛打從我入學的時候就是一位老伯伯。頭髮灰白、總是掛著和藹的笑容，偶爾有社團訂購飲料或外食也會幫忙先墊錢，儘管如此，我可不認為他會眼睜睜看著我離開校門。

正面突破顯然是個不可能的任務。

至於體育館側邊的鐵門雖然高度相對較矮，大概只有兩公尺左右，然而卻對面卻是人來人往的主要幹道，如果直接翻越肯定相當顯眼。雖然我不認為冷漠的現代人會阻止一名翹課的學生，然而若是被用手機拍下來也很麻煩。

即使今天晚上地球就會毀滅了，考慮到萬一的情況，還是不要冒著明天被指指點點的風險從那裡離開學校吧。

既然前門和後門都無法通行，我也只剩下「聽信謠言」這個最後手段了。

好不容易等到下課鐘聲敲響，我在老師說完「那麼今天上到這邊」的瞬間就抓起書包離開教室，混入學生當中，努力不引人注目地前往腳踏車棚。

據說這裡是本校的翹課勝地，不良少年們常常會抽空來此處偷抽菸。不過既然連身為班級邊緣人的我也聽過這種謠言，老師教官們肯定也知道，那麼只要偶爾來這邊豈不是能夠將抽菸的學生一網打盡嗎？那麼為什麼大家依然持續在說這裡是翹課勝地呢？

互相矛盾的問題得不出解答，我乾脆地放棄思考，確認四周沒有其他人跡的時候迅速奔進腳踏車棚的陰影處。

地面完全沒有看見菸蒂，落葉、鋁箔包飲料的吸管套和早餐塑膠袋倒是屢見不顯。我伸腳踢開一個不停飄過來的粉紅色塑膠袋，開始觀察情況。

平時走路通學的我還是第一次來到腳踏車棚，內心湧現些許的新鮮感。

畢竟學校附近的交通也算方便，腳踏車通學的人並不多，此刻放眼望去也大概只有百輛的腳踏車。等間隔的鋼筋梁柱撐起三角屋頂。悠轉幾圈之後，我發現靠牆的屋頂末端高度正好在校牆中段，或許是設計不良的緣故，兩者的距離極近。這個時候我才理解翹課勝地的由來。

再次確認四下無人，我抓住鋼筋梁柱的凹陷區域，有些艱難地爬到屋頂，以此作為踏腳處翻出校牆。

落地的瞬間，腳底板傳來直達腦頂的衝擊，我好不容易繃緊全身肌肉才忍住沒有跌倒，接著注意到對街騎樓有一名單肩揹著菜籃的中年婦女在陰影處駐足，皺眉凝視我的舉動。

——穿著制服在街上亂晃似乎太顯眼了，該不會被警察抓去輔導吧？

我遲來地察覺到自己有多麼不適合翹課，快步低頭走到公車站牌，忐忑不安地搭乘到鬧區，然後立刻找了一間最靠近的服裝店看也沒看地抓起門口特價拍賣的T恤到櫃檯結帳。

由於當時一心想要換掉制服，沒有注意到設計問題，當我從換衣間出來的時候才察覺T恤在胸口正中央寫著「Happier than a Duck with Hamburger」的英文。依照自己淺薄的英文翻譯成「比一隻拿著漢堡的鴨子更開心」也依然搞不懂設計者想要表達的意圖。

不過都已經結帳了，現在才說要換貨也只是找自己和店員的麻煩。

將書包寫著校名的那一側翻過來，我信步在鬧區的街道亂晃。

畢竟是平日的上課時間，放眼望去只能夠看見大學生模樣的男女、帶著孩子的婦女和衣衫襤褸的老人。雖然已經換好T恤了，然而畢竟書包藏不住，我依舊很在意其他人的視線。

我漫無目的地在鬧區徘徊。

既然是地球毀滅的最後一天，應該做點與眾不同的事情，然而貧乏的腦袋始終沒有靈光一閃。時序逐漸入秋，溽暑依舊頑強地殘留在街道每個角落，光是走上幾步T恤就被浸濕變成半透明的狀態，這個時候我才後悔剛才沒有好好挑選一件排汗衫。

在我開始考慮是否要去速食店吹冷氣的時候，忽然注意到不遠處有一個熟悉的身影。

雖然穿著淺黃色薄外套、碎花T恤和吊帶褲，然而我依然一眼就認出她是同班同學的郭秀湘。

平常總是任憑頭髮散在身後的郭秀湘此刻綁著馬尾，光是這樣就讓我覺得耳目一新，情緒頓時高漲。此刻她正站在便利商店的玻璃外牆，雙手扠在外套口袋，咬著一根棒棒糖正在發呆。

我隨手壓好亂翹的頭髮，清了清喉嚨之後果斷踏入那條看不見的線。

「——唷，妳也翹課嗎？」

郭秀湘蹙眉凝視著我的臉好一會兒，用拒人於千里之外的冷淡口氣詢問：「有什麼事情嗎？」

「妳也翹課啦？」

我嘗試改變語尾增加親切度，不過顯然沒有太大的幫助。仔細想想，我也不曉得確認優等生和自己做出一樣的行為有什麼意義，然而比起繼續獨自一人漫無目的地亂晃，應該找個伴更好，所以保持微笑移動到她身旁一起站著。

郭秀湘露出看見難以理解的外星生物似的眼神，半晌才開口。

「林家軒，有什麼事情嗎？」

「……為什麼妳沒有叫我蝙蝠？」

「我們倆應該沒有要好到可以直接稱呼綽號吧？」郭秀湘略為停頓，疑惑反問：「不然你知道我的綽號是什麼嗎？」

「不知道。」

「對吧。」

郭秀湘理所當然地抬起臉龐，彷彿贏了一場勝負。

難道只有我覺得這個邏輯很奇怪嗎？

郭秀湘像是對於這個話題澈底失去興趣，連招呼也沒打一聲地逕自轉身離開。

換作平時的我，肯定會在這個時候作罷。

畢竟對方明顯展露出「掰掰」的氣勢，繼續死纏爛打未免太不識相，然而此刻的我因為「今晚就是世界末日」這種莫名奇妙的理由而情緒高昂，連遲疑都沒有，立刻信步跟在郭秀湘後方。

這種時候被放生就不曉得該去哪裡打發時間了，況且光是和漂亮的女同學走在一起對於高中男生而言就有極大的吸引力，再加上郭秀湘一副富有翹課經驗的模樣，說不定會知道某些我一輩子都不會接觸到的事物，虛榮心加上好奇心的結果自然是緊咬不放。

面對如此堂堂正正的尾隨，郭秀湘似乎也難以反應。

途中她轉頭瞥了我好幾眼，加快腳步試圖甩掉我，然而最終都無功而返。

當我們兩人持續著詭異的高速競走，一個人快另一個人也快，一個人速度慢下來另一個人也放慢，直到雙方都汗流浹背，總算受不了的郭秀湘俐落止步，嚴加戒備地看著我。

「……請問有什麼事情嗎？蝙蝠同學。」

「為什麼現在又喊了我的綽號？」

「因為我忽然體會到為什麼你會被叫作蝙蝠了。」

雖然很在意郭秀湘究竟理解了什麼事情，不過頂著極度不悅的凌厲視線，我只好吞下疑問，作為緩和氣氛的話題，再次重複方才沒有得到答案的問題。

「妳常常翹課嗎？」

「偶爾啦。」

「我還以為像妳這種優等生都不會翹課。妳沒有來上課的日子大家都說是去練習小提琴或參加比賽，畢竟妳得過好幾個獎項對吧？」

「蠢斃了。」

郭秀湘像是打從心底感到厭煩似的翻起白眼。

這個不曾見過的表情讓我感到相當新鮮，甚至想要取出手機拍照紀念。不過當然只是想想而已。

「你就為了這種破事跟蹤我？未免太無聊了，還是這是某種懲罰遊戲？」

「我覺得挺重要的。」

「算了，你要怎麼想都與我無關，不過如果你想繼續跟在我後面，第一個條件是別叫我優等生。」

「我接受。」

「第二個條件，只要我叫你閉嘴就閉嘴，不要囉嗦。」

「嗯嗯。」

「第三個條件，如果附近有我認識的人你要立刻遠離一百公尺的距離，我可不想被認為和你很熟。」

「……這個條件不會有點過份嗎？」

「不要拉倒。」

手持絕對優勢的郭秀湘堅定地進行談判。

僵持好幾秒，我妥協地說：「知道了。」

「那麼第四個條件——」

「等等，還有喔？」

郭秀湘用拇指推挺吊帶褲的繩子，滿臉不屑。

「水熊蟲同學，請問你明白自己的立場嗎？只要到附近的警察局擺出啜泣的表情誣賴你在沒有攝影機的暗巷試圖輕薄我，你百口莫辯喔。」

好骯髒的手段！而且似乎被喊作比蝙蝠更低階的生物了，不過我不確定水熊蟲究竟是什麼樣的生物，考慮到萬一的情況也有可能是郭秀湘在誇獎我，因此互相抵銷。

「第四個條件，不許將今天的事情告訴其他人。」

郭秀湘繼續提出條件。對於這個比前面三者都更沒有立即性的條件，我無所謂地聳肩。

「瞭解瞭解。」

「那麼要不要跟來就隨便你了。」

郭秀湘扭頭一甩馬尾，凜然邁出腳步。

我加大步伐跑了幾步追上郭秀湘，並肩前進。雖然郭秀湘一瞬間露出想要讓我「保持三公尺距離」的表情，抿了好幾次嘴唇之後還是保持沉默。

「所以我們要去哪裡？」

「閉嘴。」

第二個條件派上用場的時機點比想像中更早，立刻出爾反爾也覺得心情複雜，我只好做了個拉起嘴巴拉鍊的動作，保持沉默。

郭秀湘像是早就決定好目的地，踏出的每一步都相當乾脆，和方才拖著腳跟亂晃的我不同。我們走入地下商店街，經過販賣名牌服裝、手機配件和運動用品的櫥窗，接著穿越擺設著夾娃娃機和大型格鬥機台的電玩區域以及冷氣和蒸氣夾雜的美食區域，再度離開地下商店街。

當眼睛適應耀眼的陽光，我發現四周都是高聳的百貨公司。

郭秀湘側身閃過一群濃妝豔抹的婦女，踏入百貨公司。沁涼刺骨的冷氣讓我不禁打了個冷顫。我們從最外側的迴廊走到電梯，搭乘到販賣兒童玩具的層樓。

儘管疑惑逐漸加深，我還是遵守著第二個條件的約定，直到看見郭秀湘蹲在一台扭蛋機面前拿出錢包的時候才再度開口。

「扭蛋？」

「嗯。」

簡短的對話結束。總覺得什麼事情都沒有解釋到。

郭秀湘瞄了我一眼，臉頰微紅地繼續解釋。

「這是一個叫做『害羞鯊』的系列。原本只是冷門的貼圖，不過似乎作者透過某種管道出了扭蛋公仔，在粉絲中引起極大的討論。」

「嗯……是喔。」

郭秀湘的語氣忽然變得相當激動，雙手在胸前握拳。

「畢竟害羞鯊只有少數粉絲支持，基本上大家都覺得能夠出貼圖、偶爾在作者的推特看見新的插畫就是極限了，沒想到竟然以扭蛋公仔的方式問世，簡直可以說是一大奇蹟！甚至有消息說這是作者耗盡家產才好不容易拜託廠商製作的最高傑作！」

「這樣喔。」

無法跟上她高昂的情緒，我冷靜回應，凝視貼在扭蛋機正面的宣傳海報。

扭蛋總共有六款，全部都是齜牙咧嘴的二頭身Q版鯊魚，模樣實在無法稱得上是可愛，反倒像是會在噩夢中登場的中BOSS角色。

「很可愛吧！」

面對雙眼閃閃發亮的郭秀湘如此半是期待半是強迫地逼問，無法昧著良心回答的我模稜兩可地點頭。

「嗯……我覺得挺有特色的。」

「呿，是啦是啦！我知道啦！你們根本不會瞭解害羞鯊的可愛之處，以貌取人的傢伙！不過沒關係，只要有我支持就夠了。」

郭秀湘的臉色一沉，鼓起雙頰忿忿抱怨。

我無言地繼續凝視著那隻看起來想要一口吞掉眼前所有生物的鯊魚，就算將魚鰓的部分畫上表示害羞的粉紅色斜線也難掩鯊魚本身的殘暴感，確實是我無法理解的領域。

「所以妳打算收集這個？」

「早就齊了。」郭秀湘理所當然地說：「每種款式我都有十隻以上。」

「……既然如此，為什麼還要扭？」

「粉絲當中流傳著其實有第七款被稱為『夢幻害羞鯊』的扭蛋，只有真正的粉絲能夠扭到，所以只要有時間就會來扭幾顆。」

「我覺得只是廠商騙人繼續扭的宣傳手段之一喔。」

「哼，沒有夢想的傢伙。等到扭到的那一天，就算哭著求我也不會讓你看。」

「其實我不稀罕那種隱藏版。」

「那是我的台詞！不稀罕！」

郭秀湘憤憤結束話題。

我看著郭秀湘擺出宛如要與虎豹等猛獸戰鬥的神情扭了兩顆扭蛋，然後失望地垮下肩膀。

「沒中嗎？」

「……閉嘴啦混帳傢伙。」

我發覺有時候郭秀湘的嘴其實挺壞的。

不知不覺間，時刻來到午餐時間，樓層之間開始出現零星的西裝、套裝身影。為了避免被人潮吞沒，我和郭秀湘搶先離開百貨公司準備解決午餐。

和女性同學單獨用餐經驗屈指可數的我基於曾經在雜誌和電視節目看過的淺薄知識，原本打算踏入一家裝潢典雅的西餐廳，然而在我出聲詢問之前，郭秀湘就逕自踏入一家日式蓋飯店。

沒想到郭秀湘會主動挑選這種分量十足的餐點，我不禁感到訝異。

郭秀湘和微胖的男性店員以「一個牛肉蓋飯，加大。B套餐。」「那麼請選擇飲料和小菜。」「冰紅茶去冰和毛豆。」「請問要加價購買其他商品嗎？」「不用了。」「那麼我們現在有夏季活動，請問要加50元購買香草冰淇淋嗎？」「不用了。」「好的，那麼重複一次餐點。牛肉蓋飯加大，搭配B套餐，飲料是冰紅茶去冰和毛豆，請問這樣可以嗎？」「嗯。」「那麼收您210元整。」等宛如排練過無數次的流暢節奏結束點餐。看來她應該是這家店的常客。

等到餐點備齊之後，我們端著托盤移動到櫃台後方的座位區。

店內的生意相當慘澹，是令人不禁擔心下次經過門口會不會貼著「歇業」公告的程度，明明是午餐時間卻只有我們一桌的客人。

郭秀湘筆直走到靠牆壁的兩人座位，放下托盤之後拿起瓷碗走到碗筷區灑上大量的七味粉和紅薑片，然後拿著兩人份的筷子回到座位。

內心對於郭秀湘的好感頓時升高許多，同時也客觀地認定高中的少年心搖曳不定，實在太容易受到引誘。即使看著郭秀湘毫不優雅地大口扒飯、嘴角沾著醬汁和飯粒的模樣也反而覺得挺可愛的。

填飽肚子之後，郭秀湘並沒有立刻離開的跡象，而是撐著臉頰用單手流暢地敲打手機。

無事可做的我假裝望著牆壁的海報發呆，實則偷偷觀察眼前這位待在同間教室超過一年的時間卻幾乎沒有交集的同學。

郭秀湘忽然抬眸瞄了一眼。

「看什麼？」

「原來妳有發現喔。」

「那麼明目張膽，怎麼可能沒發現。」郭秀湘又問：「看什麼？」

「我剛才忽然想起妳的綽號了，記得在某堂體育課聽其他人喊過，叫做湘湘對吧。」

郭秀湘的俏臉一瞬間沉了下來，前傾身子咬住吸管末端，像是要轉移話題似的開口：「為什麼你今天要一直跟著我？明明我們在教室幾乎沒有說過話，現在卻死命跟在後面，原本以為有什麼奇怪目的，不過半天下來單純只是跟在我旁邊瞎晃。」

「嗯嗯……嗯？」

我敷衍地聳肩。

見狀，郭秀湘繼續逼問。

「追根究柢，你也不像是會翹課的類型。林家軒，你到底想要幹嘛？」

「咦？我一定要回答這個問題嗎？」

「……有什麼不可告人的理由嗎？」

「也不算不可告人啦，只是不太想說。」

「第五個條件，你必須回答我的問題。」

「哪有人這樣亂來啦！訂定契約如果要事後追加條件應該要當事人雙方都同意才能算數吧！公民老師好像講過類似的內容！」

郭秀湘豎起食指示意安靜，擺出幼稚園教師對著小孩子說話的態度詢問：

「先告訴我，當初我們約好的第二條是什麼？」

「嗯？呃，只要妳叫我閉嘴就閉嘴。」

「正確答案，那麼第五個條件，你必須回答我的問題，如果不講話就當作你默認了，然後給我閉嘴。」

啞口無言的我就這樣被迫同意第五個條件。

沒想到在簽約的時機點就已經落入陷阱了，社會的黑暗面真是不容小覷。

「那麼就爽快點坦承吧。」

郭秀湘露出「贏了」的得意表情。

我左右偏移視線，好半晌才開口說道：

「假設，我是說假設喔。地球今天晚上就會毀滅，總覺得必須要做點什麼不可，偏偏我卻沒有頭緒，這個時候正好偶然遇見妳，想說跟在妳後面或許會發生事情，至少比起自己一個人亂晃更好……之類的。」

「你講話怎麼沒有文法啊？」

秀湘不禁蹙眉。

「簡單來說，明天似乎是世界末日……準確而言應該是今天晚上零時，根據某個論壇的情報，所以我跟著看起來或許會發生某些有趣事情的妳。雖然沒有根據，不過這種經驗似乎也不壞。」

我換了個說法，努力保持平淡的語氣。

這次總算聽懂的秀湘面無表情地凝視著我，緊蹙的眉間彷彿在看待無法理解的陌生人，隨即噗哧一笑，抱著肚子大笑不已。

這個太過突然反應令我措手不及，只能夠僵在原地。

用手指揩去眼淚，郭秀湘重申詢問：

「你是認真的？」

「騙、騙妳也沒有好處吧。」

郭秀湘微微蹙起形狀姣好的眉毛，沉思片刻，接著露出毅然的神色起身離開店內。

「咦……咦咦！怎麼了！」拿起書包的我趕忙將托盤端到回收台，大步追上。

「我要去扭到害羞鯊的隱藏版扭蛋。」

「……什麼？」

雖然聽懂了但是又沒懂，思索著如此奇妙的狀態，我不禁反問。

郭秀湘直接無視，幾乎要跑起來似的邁出大步，不，在我這麼想的時候她已經跑起來了。

馬尾的髮飾因為過度搖動而鬆開，郭秀湘乾脆直接扯下髮飾，讓黑色長髮唰然迎風飄揚。洗髮精的香味令我不禁踉蹌一步，隨即加快腳步跑到和郭秀湘並肩的位置，追問：「我們要去哪裡？」

「別吵。」

雙眼凝視正前方的郭秀湘繼續用漂亮正確的姿勢奔跑。

行人們紛紛露出被嚇到或懷疑的表情事先閃避全速奔跑的兩名高中生。我只好不停頷首表示歉意。

再度回到百貨公司的扭蛋樓層，郭秀湘稀鬆平常地筆直走到害羞鯊的扭蛋機，而氣喘吁吁到幾乎要昏厥的我撐著手扶梯旁邊的牆壁好一會兒總算稍微恢復，慢吞吞地走到郭秀湘身後。

「……這個就是妳最想做的事情？認真的？」

「當然我還有很多遺憾！然而現在滿腦子只想要扭到隱藏版的害羞鯊！如果地球爆炸前沒有扭到肯定會死不瞑目！」

郭秀湘用極度認真的表情如此表示。

雖然覺得地球就算真的迎來終結也不會以爆炸告終，那樣未免太驚悚了，隕石墜落和殭屍末日或許還比較有可能些，不過也沒有在這個議題認真辯駁的意思。我保持著絕佳的距離蹲在郭秀湘身旁，再度凝視那張貼在扭蛋機正面的海報。

雖然每隻害羞鯊看起來都大同小異，然而細看之下能夠發現姿勢略有不同。

分別是扭腰擺臀、平癱在地、趾高氣昂、齜牙咧嘴、愛睏地縮成一團以及發呆似的張大嘴巴，總共六款。其中扭腰擺臀的那隻用魚鰭拿著一盤鬆餅而趾高氣昂那隻則是踩在鮮黃色的衝浪板上面。

看來這隻鯊魚的興趣是衝浪和品嘗甜點。

作者的感性真的沒問題嗎？或者說這是時下流行的反差萌？

在我胡思亂想的這段時間，郭秀湘一手握著貓咪模樣的零錢包另一手毫不遲疑地將硬幣推入投幣口。眨眼之間就扭了好幾顆扭蛋。

「呆呆看著做什麼？幫忙把扭蛋轉開。」

「……這個應該是扭蛋最大的樂趣吧？確定要讓我來？」

「那麼如果你覺得這顆是隱藏版的扭蛋就停手交給我。」

「不要強人所難啦。」

我沒好氣地開始一個一個扭開塑膠殼，然後將之扔進旁邊的回收桶。

不曉得扭蛋公司回收這些塑膠殼之後是清洗後就直接再度使用還是融掉成液體重塑全新的……大概是前者吧。

「──我呢，一周前和男朋友分手了。」

由於郭秀湘的語氣太過輕描淡寫，就像在說「今天的早餐吃了蛋餅」一樣，令我沒有在第一時間會意過來而是反射性地「嗯」了一聲作為回應，直到打開手中第三十三顆扭蛋之後才理解這句話的意思。

出生到現在從未交過女朋友的我頓時覺得和郭秀湘的差距再度擴大，幾乎來到用盡未來所有時間也無法填補的程度，然而礙於高中少年的奇妙自尊，我也擺出「是喔？我今天的早餐是三明治」的態度開口。

「妳交過男朋友喔？」

「嗯呀。」

郭秀湘無所謂地聳肩，凝重轉開手中第三十四顆扭蛋，然後不掩失落感地垮下肩膀，嘟起粉色的嘴唇抱怨。

「唉，又是衝浪板。總覺得這隻的出現機率異常高耶，要來重複的至少給我睡覺那隻吧，可以圍成一圈排出很可愛的陣形。」

「那樣的陣形總感覺會召喚出某種詭異的東西……不對啦等等，妳有男朋友喔？我、我好像都沒有聽過相關的傳言耶。」

「這種事情又沒有大聲宣揚的必要性。」

郭秀湘邊說邊用眼神催促，我反射性地投入硬幣，扭動握把，聽著「喀啦」聲響，伸手取出扭蛋，轉開塑膠殼然後和踩著衝浪板的害羞鯊大眼瞪小眼。

「又是這隻！太扯了！機率怎麼算的啊！」

郭秀湘強硬推開我，占據扭蛋機正前方的位置，再度擺出聚精會神的表情，宛如正在進行某種宗教儀式似的投下硬幣。

因為我負責的步驟比郭秀湘還要煩瑣，十多分鐘後率先將整台機子扭空的郭秀湘抱住膝蓋蹲在面前，用說要殺人也不奇怪的眼神狠狠盯著我的一舉一動。雖然很在意她明明扭完了為什麼不要幫忙開，然而震懾於某種奇妙的氣場，只好保持沉默地繼續重複相同的動作。

當我將最後一顆的綠色塑膠殼扔進回收桶，郭秀湘低聲詢問：

「結果如何？」

「誠如所見，全軍覆沒。」

聞言，郭秀湘誇張地用全身表達自己的失望，就只差沒有直接躺在地板。

「有必要這麼誇張嗎？」

「奇怪的人是你才對吧，蝙蝠同學。」郭秀湘沒好氣地回嘴：「距離世界末日僅存不到十二小時的時間，你竟然在這裡浪費時間扭一個『嗯……我覺得挺有特色的』扭蛋。」

「妳很愛記仇耶。」

郭秀湘扭頭冷哼，接著大概意識到自己的姿勢不太雅觀，手腳並用地站起身子。

最終我們轉了四十九顆扭蛋。

扭腰擺臀、平癱在地、趾高氣昂、齜牙咧嘴、縮成一團以及發呆的比例分別是7：9：13：6：7：7。機率意料之外相當平均，不過那隻最不可愛的衝浪板害羞鯊占了最多比例這點實在令人心情複雜。

轉移陣地的我們待在便利商店的座位區，無言對視。

噘起小嘴的郭秀湘將扭到的害羞鯊公仔全部擺在桌面，數量之多，乍看之下實在有點噁心。隔壁桌三位穿著沒見過校服的高中生也不時對我們這桌投以疑惑的注視。

為了表示友好，我咧嘴露出大大的笑容，反而令他們三人像是做壞事被母親當場抓包的孩子似的轉頭不語。真是奇怪，我自覺那個笑容挺不錯的呀。

陷入低潮的郭秀湘將臉貼在桌面，從低角度看著公仔，低聲嘟囔聽不清楚的內容。我借用她的手機，開始查詢關於害羞鯊的情報。

「我找過好幾個地方了，不過只有這裡的扭蛋機有害羞鯊啦。」

「這座城市那麼大，不可能只擺一台害羞鯊的扭蛋機吧。反過來講，如果只有一台，狂熱粉絲早就擠過來扭空了，怎麼可能像剛才那樣剩下那麼多顆。」

「唔，倒是有點道理。」

郭秀湘說歸說，依然沒有將臉頰移開桌面的跡象。

然而或許害羞鯊的粉絲真的寥寥無幾，網路幾乎沒有關於害羞鯊的評論，甚至大部分都是「今天在路上看見了詭異的鯊魚吊飾」、「發現不曉得誰會花錢去扭的機子（附圖）」、「外表和名字的反差感ＷＷＷＷＷ」、「最詭異的貼圖排行前十名」等等消遣性質的簡短評論。

「有任何收穫嗎？」

難掩好奇心的郭秀湘試圖探頭察看螢幕，然而礙於座位距離，就算她踮起腳尖依然難以越過我的肩膀看到螢幕。

「嗯，基本上都是妳最好別看的內容……啊，不過妳該聽聽這個。據說衝浪板的模樣看起來像海豚，所以最好不要在有鯊魚出沒的水域衝浪。」

「我才不想知道這種無所謂的小知識。」

「這個或許是某種隱喻吧？那隻抱著衝浪板的害羞鯊其實是抱著海豚之類的，準備抓著晚餐回家好好享用，所以才會露出那種表情。」

「嗚噁。」

郭秀湘眉頭深鎖，發出彷彿被輪胎輾過的青蛙慘叫，一把搶過手機。

「你在亂查什麼東西啦，真是的，派不上用場的傢伙。」

「我自認搜尋情報的技巧很厲害耶。」

「閉嘴啦。」

郭秀湘再度使用不平等條約的第二款，我不得不再次沉默，同時在心底思考第二條條款的使用頻率是否太高了。

這個時候正在察看手機的郭秀湘突然毫不掩飾地垮下臉，低聲說：「我得去陪老爸吃飯。」

「妳那個看起來可不像要去陪父親吃飯的表情喔。」

對此，郭秀湘繃緊臉沒有回答。

畢竟每個人都有自己的家庭問題，我也沒有不識相地追根究柢，轉而問：「所以要解散了？」

「怎麼可能！今天沒有扭到隱藏版的害羞鯊絕不罷休！」郭秀湘信誓旦旦地說完，猛然露出獵人的眼神上下端詳著我，皺眉詢問：「既然你的褲子是制服褲，表示你應該也帶著制服上衣吧？」

「是放在書包裡面，怎麼了？」

「很好，那麼制服借我。」

「……嗯？」

「我如果穿著這套衣服去見老爸不就暴露今天翹課的事實了，名字和學號我會想辦法處理，總之把制服上衣借我。」

「……郭秀湘同學，我覺得這個不是拜託人該有的語氣耶。」

臉色瞬間沉下來的郭秀湘毫不掩飾殺氣，如果世界上有人能夠用眼神殺人我想大概就是眼前的同班同學了。

我們兩人沉默地互相對峙，最後在我受不了幾乎窒息的氣氛、打算屈服的前一秒，郭秀湘不情願地垂下眼簾，低頭說：「不好意思，制服……請借給我。」

「沒問題。」

深深明瞭窮寇莫追道理的我立刻答應。

於是我們轉移陣地到便利商店的廁所，實行換裝任務。

姑且將書包裡面的制服遞給郭秀湘，我站在飲料櫃面前等待。

數分鐘後，解決完上衣問題的郭秀湘卻在踏出廁所的時候忍不住咂嘴。

她今天穿的是吊帶褲，不管怎麼改變造型都無法偽裝成制服，最後不得不連制服長褲也一併借了。

話雖如此，即使郭秀湘使用班排前五的腦袋思考，換穿的時候總會有個人以下半身半裸的狀態待在廁所外面，雖然只要「兩個人一起進入廁所換裝」就能夠解決了！然後現實當然不可能出現如此詭異至極的曖昧情況。

「為什麼要穿這種麻煩的裝扮啦。」

「吵死了，今天起床就是吊帶褲的心情啊！」

「妳在講什麼啦！」

「閉嘴啦！」

總而言之，我們只好再度轉移陣地，找了一家較具規模的連鎖服裝店，挑了相鄰的換衣間之後互相脫掉各自的褲子趁著店員的空隙伸手探出布簾交換，稍嫌煩瑣卻總算成功互相調換服裝。

沒想到自己竟然能夠穿下女性款式的吊帶褲，看著連身鏡當中的裝扮總覺得有些心情複雜。

「——你要拖拖拉拉多久啦！時間要來不及了！」

郭秀湘不悅催促。

由於擔心她會直接拉掉遮簾，我急忙踏出換衣間。還起手臂的郭秀湘上下端詳了我這身極度不合適的裝扮，逕自扭頭踏出服裝店。

什麼都沒有講反而是最傷人的啊！

我原本打算買頂帽子多少遮羞，然而郭秀湘完全沒有等待的耐心，為了避免被甩下只好匆匆跟上。

郭秀湘父親選擇的餐廳位於市中心鬧區，是個人低消千元起跳的等級。

抬頭看著稻穗和火焰圓環的招牌，我忍不住帶著敬意詢問：「敢問郭家的家庭聚會都選在這種等級的地方嗎？您難道是哪家財閥的大小姐嗎？」

「你在講什麼蠢話啦……書包順便借一下。」

反正全身衣物都借出去了，我不置可否地遞出書包。郭秀湘將之揹到肩膀的時候隨手解下小背包的害羞鯊吊飾，別在書包背帶。

真是不知所謂的堅持。

整理好服裝儀容之後，郭秀湘將小背包塞到我的胸口，輕輕拍了兩下臉頰。

「那麼我去去就回。」

「這段時間我會找找其他可能有害羞鯊扭蛋機的地方。」

「麻煩了。」

約好一個小時之後在附近廣場那尊黃銅人魚的裝置藝術集合，郭秀湘立刻踩著堅定的步伐離開。被留下的我凝視著她的背影，直到被熙攘的人潮掩蓋才猛然回神，快步前往最靠近的網咖，準備尋找其他設置著害羞鯊扭蛋機的地方。

支付了一個小時的錢，我坐在鬆軟的扶手椅，姑且先以「害羞鯊的扭蛋機」為標題在論壇發布討論串，希望網友提供所有能夠扭到害羞鯊扭蛋的地點。

結果出乎意料地相當熱烈，然而基本上都是轉貼害羞鯊的圖片然後大肆批評的回應。

「那隻鯊魚的人氣未免太低了，網路一面倒的批評是怎麼回事，如果有像郭秀湘那樣的狂熱粉絲存在好歹出聲反駁幾句吧。」

我不停滾動滑鼠滾輪，拉掉各種嘲諷、謾罵的回應，然而直到最後一頁仍然沒有看見任何有用的情報，忍不住煩躁地不停用腳尖踢著牆壁。

畢竟一直刷新討論串也沒有幫助，為了轉換心情，我點開新的視窗開始確認訂閱的Youtuber有沒有上傳新的影片以及翻譯趣圖的網站。仔細想想，現在正是學生們通勤回家的時間，應該等到晚些時間才會開始上網。

當眼窩深處開始發疼的時候，我用力地閉起眼睛，再次睜開的時候忽然想到那則以「聽說，明天地球會毀滅」為標題的討論串不曉得怎麼了，急忙點開新分頁搜尋。

經過一天的時間，討論串應該被洗到很後面的位置。翻了好幾頁都沒看見的我直接用搜尋功能找到那則討論串，然而卻失望地發現回應的數量和昨天睡前相同。

「——這樣的世界毀滅了或許也不錯。」蟋蟀的回應。

「——如果明天真的是世界末日，我想應該會找女兒吃頓飯吧。」灰色大熊的回應。

「——那樣就不用上班了！萬歲！」玻璃舞鞋的回應。

「——蠢死了。你們這群認真討論的智障」以及我的回應。

四則回應。

僅此而已。

凝視著螢幕好一會兒，我使用修改功能，將「蠢死了。你們這群認真討論的智障」的留言改成「希望能夠扭到害羞鯊的隱藏版扭蛋」。

雖然什麼事情都沒有改變也沒有進展，然而我卻覺得心情輕鬆不少。

再度將視窗切換成害羞鯊的討論串，我緩緩推著滑鼠滾輪，認真閱讀每一條回應。

我站在黃銅人魚雕像的底座等待吃完飯的郭秀湘。

由於沒有手機只好左顧右盼打發時間。四周除了一群大學生模樣的團體，恰好都是情侶。空氣似乎因此被渲染成粉紅色了。如此坐立不安的情況持續了十多分鐘，我總算發現郭秀湘的身影。

她的情緒顯然因為飯局變得極差，散發出生人勿近的氣場。她一靠近就將書包推到我的胸口，用勉強從牙關擠出來的嗓音說出「謝謝，還你」。姑且先回答「不客氣」，我沉默好幾秒發現郭秀湘不打算繼續開口只好稍微裝傻了一句。

「……呃，湘湘？」

「有什麼事情啦，蝙蝠同學。」

「想說跟妳報告一下成果，剛才姑且找到幾個應該有害羞鯊扭蛋機的地方。」

郭秀湘的雙眼頓時恢復生氣，急促地問：

「幾個？這麼多？怎麼找的？」

「一開始想要找害羞鯊的扭蛋製造商，然而相關訊息幾乎為零，反而連結到很多奇怪的外國網站，之後想要找原作者的個人網站也是撲空，推特發了訊息也沒有回應。」

「畢竟作者很神祕。」郭秀湘用與有榮焉的態度說完後才理解到事態的嚴重性，沉聲問：「那樣不就一籌莫展了？你是怎麼找到的？」

「用相似圖片的搜尋功能，一張一張點選連結，從部落格尋找蛛絲馬跡順便留言詢問格主，多少有得到幾個人的回覆。最靠近的一個就在隔壁縣市。」

「……普通人應該不會想到這種方法吧。」

「剛才也說過我搜尋情報的技巧很厲害了。」

郭秀湘敷衍地鼓掌兩下，直接抓住手臂用遠超過平均程度的蠻力強硬拉扯，令我一瞬間產生雙腳懸空的錯覺。

「那麼就出發吧。」

「等等？不要先把衣服換回來嗎？」

「哪有時間浪費，快點走了！全速前進！」

於是對話結束，我們朝向車站前進。

時間逐漸接近深夜，車站卻聚集不少身穿各校制服的學生和疲憊的上班族，讓我不禁訝異這座城市竟然有如此多人通勤上班上學。

由於鮮少搭乘客運，我們沒有注意到劃位的手續，在商店區域晃到鄰近發車時間才過去的結果就是成為排隊人龍的對尾，上車的時候只剩下靠走道的座位，令我和郭秀湘不得不坐在前後。雖然是無所謂的事情，然而不能夠坐在一起這點還是令人感到沮喪。

車門發出氣壓壓縮的聲響，搖搖晃晃地發車前進。

或許是車齡久遠的緣故，避震效果極差，好幾次都直接被震離座位再重重摔落，車窗也被震得嗡嗡作響，連想要靠著歇息也辦不到。這樣不得不正襟危坐的情況莫約持續了一個小時總算抵達目的地。

有些暈車的我接連抓著吊環，盡力保持頭部平穩地走下車，然而尚未感受懷念的踏實地面觸感就被郭秀湘一把拉住，按照手機導航在陌生的城市街道前進。

幸好定位的場所距離車站不遠，很快就找到了。

那是人群熙攘、霓虹閃爍的夜市區域。現在正好是人潮最多的時刻，燒烤、油炸、悶煮等味道混合了油鍋的熱氣將夜市包裹其中。

繃緊俏臉凝視擁擠的街道，郭秀湘遲疑地問：「這種地方會有扭蛋機？」

「裡面有幾間夾娃娃機、格鬥街機的店，好像也順便擺了十幾台扭蛋機，雖然我也不曉得為什麼會挑害羞鯊這麼奇怪的扭蛋來擺。」

「害羞鯊才不奇怪啦！」

郭秀湘捏緊拳頭揍了我的腰側一下，大步穿越斑馬線，融入夜市成為其中一景。我一瞬間甚至以為郭秀湘消失在眼前的霓虹景色當中，急忙邁出腳步跟上。

這個夜市的範圍比想像中更廣，中央一棟構造介於百貨賣場的大型建築物甚至全部租借出去，從一樓到三樓都是衣物、運動鞋和銀飾配件的專櫃，其中不乏國外知名的品牌。我們在外圍的攤販區域徒勞繞好幾圈，才在中央建築物的二樓角落發現擺滿電動機台的區域。

除了我原本預想的夾娃娃機和格鬥街機，大頭貼機、節奏街機和賽車街機也一應俱全，最深處甚至有擺設著飛鏢機台的小酒吧。儘管如此，郭秀湘完全將注意力放在擺成S型的數十台扭蛋機。

「很好！鬥志開始熊熊燃燒了！等著我吧第七款的害羞鯊！今天就會把你扭到手！」

郭秀湘握緊右拳，氣勢十足地宣示完立刻精準地跑到位於最角落的害羞鯊扭蛋機，拉了拉制服長褲調整好坐姿，取出貓咪模樣的零錢包開始投擲硬幣。

「有沒有隱藏版還不確定呢。」我冷靜地說。

「不要開戰前就滅自己威風啦！如果現在是戰國時代，光是這句話就足以判死刑了。連衛兵都不需要叫，我會直接拔刀砍了。」

「為什麼是以妳擔任皇帝為前提啦……」我翻起白眼，用肩膀輕輕擠開郭秀湘，蹲在扭蛋機前面說：「我們輪流扭吧。」

郭秀湘的表情溫度頓時驟降，防衛性地將雙手舉在胸前。

「我個人秉持不接受無端好意的主義，對於這種肯定別有心機的提議敬謝不敏。」

「現在才這麼說不會太遲嗎。」我沒好氣地說：「反正我平常就會小額度的課金，只要跳過這個月的泳裝活動至少可以扭個三十來顆不成問題。」

「……原來您是宅宅嗎？」

「不要忽然改用敬稱也不要若無其事地拉開距離好嗎，我都幫忙到這種程度了，制服還穿在妳身上耶。」

「……有點道理，那麼就輪流吧。」

郭秀湘挪動腳步，讓出一塊空間讓我繼續蹲著。

維持著肩膀衣料隱約碰觸卻又沒有相碰的微妙距離，並肩蹲在扭蛋機前面。

我們之間的默契越來越好，當扭蛋滾到取出口的時候另一個人就開始投入硬幣，連對話都不需要配合得天衣無縫。

當我們到旁邊的兌幣機換錢的時候，我忽然有感而發。

「吶，妳決定好未來打算從事什麼職業了嗎？」

「什麼東西？」

「或者說，妳決定好要選什麼科系就讀了嗎？畢竟我們也高二了，明年的此刻應該正在水深火熱地準備大考，然而我無論如何都無法想像自己穿著西裝成為上班族的模樣。」

「那麼就去穿軍服、警察制服、廚師服啊，世界上有那麼多的職業可以選。」郭秀湘敷衍說完，將叮噹作響的大量硬幣收入貓咪零錢包，不悅瞪著我說：「為什麼一副無法釋懷的怪表情，你到底想說什麼？」

「也沒有啦，只是想聊聊未來的規劃？」

「我沒必要陪你進行這種人生商談吧，又不關我的事。」

郭秀湘露骨地表示不悅。

「我都陪妳跑遍整座城市找一款不曉得是否存在的扭蛋了，甚至借了妳制服，聽我抱怨幾句不算過分吧？」

「絕對有第七款的害羞鯊啦。」郭秀湘針對某個點相當執著地反駁，接著話鋒一轉，癟起嘴問：「你知道唐語煙這個人嗎？7班的。」

「嗯，聽過一些謠言。」

「謠言呢……」郭秀湘瞥了我一眼，繼續說：「看你這種表情應該也都是聽到那些討人厭的版本吧，像是語煙能夠考到好成績都是靠她老爸作弊之類的。呿，光是講出來就覺得心煩。」

「這個……是這樣沒錯。」

「我呢，國中的時候曾經和語煙同班。她是個無庸置疑的努力家，能夠考出好成績也是理所當然的事情，況且她的自尊心很高，絕對不可能作弊……雖然我知道，然而避免麻煩，從來不曾替她說過話。」

我認為這是理所當然的事情，畢竟替不是朋友的人說話也沒有意義。

即使知道自己是對的，然而當所有人都站在對側的時候還是別發出異議比較好。因為那是無關緊要的事情；因為那是社會默認的準則；因為那麼做了之後肯定不會發生好事。

「所以為什麼會忽然提到唐語煙？」

「因為是相同的意思。」郭秀湘說：「老實講，我根本不在乎你將來就讀什麼科系、從事什麼工作，然而也無所謂。你想要做什麼事情就去做，不必在意其他人怎麼講，反正一定會有某個人默默地知道真相，這樣就夠了。」

「……我對這點倒是抱持懷疑。」

「不如說，我反而想知道為什麼你那麼在意其他人的想法。」

「什麼意思？」

「每次班級在討論事情的時候，你總會故意慢一步好選擇大多數的意見，從這方面看來倒是名副其實呢，就像小時候曾經聽過那則童話故事的主角的蝙蝠同學。」

我不禁愣住了，瞠目結舌地呆立原地。走了好幾步發現我沒有跟上，郭秀湘轉頭瞥了我一眼，沒好氣地催促：「快點過來啦，至少還有一半的扭蛋沒扭呢。」

✣

此處的扭蛋區也全軍覆沒。

由於店內開始播放請未成年的客人盡快離開的廣播，我和郭秀湘只好移動到建築物附近的一個小公園，各自坐在長椅一端。我的書包和郭秀湘的小背包都塞滿了害羞鯊的公仔，數量多到甚至必須到便利商店買一個塑膠袋才裝得下。

這個位置能夠將夜市盡收眼底，即使接近深夜，人潮依然有逐漸增加的跡象。

郭秀湘卻像是看膩了人群，微微張開嘴巴看著不遠處的路燈，許久之後才有氣無力地問：

「還有其他設置扭蛋機的地方嗎？」

「最靠近的單趟車程少說也要三個小時，更別提這個時間有沒有車了。」我忽然想到如果不快點到車站回去可能會錯過最後一班客運，繼續說：「手機借一下。」

「為什麼你今天老是跟我借啦。你的呢？沒電的話我有行動電源。」

「因為某些複雜的緣由現在應該鎖在學校教師辦公室的抽屜啦。」

「喔，大概瞭解了……誰的課？」

「歷史老師。」

郭秀湘訕訕然地將粉紅色的行動電源放回小背包，反轉手機遞出。道謝接過之後，我在搜尋引擎打出客運公司的名稱查詢發車時間。

「距離最後一班還有十五分鐘，全力衝刺可能趕得上。」

「是喔。」郭秀湘意興闌珊地拿回手機，完全沒有起身的意思。

見狀，我換了個話題。

「說起來，我好像還不知道妳今天翹課的原因對吧？妳平時也不是會翹課的人，難道今天是什麼特別的日子嗎？」

「因為今天起床的時候發現桌上擺著早餐。」

郭秀湘一副已經解釋完畢的表情，在我追問之前就搶先說：

「你那邊有沒有什麼有趣的事情，講來聽聽。」

「嗯……我有一個姊姊，雖然年紀差得有點多不過也算是一個好姊姊。她呢，從國中的時候就決定要進入聯合國工作，大學畢業後不顧雙親反對跑到位於戰場的中東地區擔任志工，現在幾乎是音訊全無的狀態——」

原本聽著津津有味的郭秀湘猛然定格，發出壓抑的低呼。

禁聲的我順著她的視線，正好看見一台小貨車邊開邊停地在人群當中駛出道路，開入夜市當中。印在車身的天藍色廠商有些眼熟，數秒後才想到擺放扭蛋機的位置都可以看見它的字樣和宣傳海報。

察覺到這點的瞬間一陣顫慄迅速竄過脊背。

郭秀湘用幾乎將指甲嵌入肉裡的力道抓住我的手臂。

沒有任何交談，我們倆同時起身，追著那台小貨車踏入夜市。

不停道歉的我們側身用肩膀擠開人群突進，數十秒後發現那台小貨車停在某個巷弄外面，後車箱大剌剌地開著，能夠看見數十袋的麻布袋。附近並沒有看見工作人員，令人不禁感嘆治安良好。

「這條巷子的旁邊就是那棟大樓，肯定是來補貨的，這麼完美的時機點簡直是奇蹟！」

喃喃自語的郭秀湘迅速左顧右盼，捲起袖子擺出一副工作人員的態度勢在必行地往前衝，眼神閃爍著不拆光所有扭蛋不肯罷休的氣勢。

「等等，這是犯罪行為吧。」

「我會把零錢扔進去袋子裡面啦，只是跳過扭蛋機這個程序而已。」

「妳沒錢了吧！」

「你有啊！」

「肯定不夠啦！」

「你別過來礙手礙腳啦，去把風。工作人員回來了就吹口哨。」

這些對話一過，我們已經來到貨車後方。郭秀湘發出明確的指令，沒有一絲遲疑地探身進入後車箱，隨手將最靠近的麻布袋拉開。

只見麻布袋當中又用較小的塑膠封口袋區分成數十包，並且用麥克筆寫著一串編號和潦草中文，像是「13044PA——壽司」、「20019GDR——魚」和「87953——汽車」，雖然隔著半透明的塑膠袋，不過能夠看出正是扭蛋。

「中獎了，不過不曉得前面那串是什麼意思……商品編號？」

「你專心把風啦！」

郭秀湘用手機當作手電筒，一一抓起每個塑膠袋確認文字。從旁人看來行為舉止完全就是趁機打劫的女高中生，我不禁開始思考如果等會兒被抓包該怎麼狡辯。

理所當然的，我完全想不到藉口，看來如果真的被抓包還是直接道歉吧。

然而或許是郭秀湘的態度相當自然，路過的行人最多朝向我們瞥幾眼就算了，似乎沒有人看出我們正在進行遊走於法律邊界的行為。

郭秀湘相當迅速地檢查完兩袋麻布袋，用越來越熟練的手法開始第三袋。

這時我注意到車廂深處有一袋畫著鮮紅色大叉叉的塑膠袋，忍不住開口。

「吶，不覺得那袋很可疑嗎？」

「什麼啦？」郭秀湘暴躁地回應，順著我的手指蹙眉看向車內，接著像是撥水前進似的跨過麻布袋和紙箱，探出身子伸手抓住塑膠袋後單手撐住窗戶將自己推回來。這個時候我清楚看見塑膠袋的另外一面寫著「鯊魚」兩個字。

同樣看見的郭秀湘不禁屏住呼吸，拉開塑膠袋將裡面的物品往下倒。

一顆看起來已經被開過的扭蛋掉在掌心，郭秀湘相當誇張地嚥下口水，彷彿某種莊嚴肅穆的儀式，緩緩扭開塑膠殼。

裡面放著一隻純白色的害羞鯊。

不，說是純白色也不太恰當，更接近未上漆塑膠的原本顏色，再者，這隻害羞鯊的姿勢和齜牙咧嘴的那隻一模一樣。發現這點的瞬間，原本幾乎要脹破胸口的情緒瞬間冷卻。

「……這是瑕疵品吧，所以才會特別被挑出來。」

「……看來是的。」

「所以這款就是隱藏版的扭蛋嗎？」

「我覺得很有可能。」

「——搞什麼啦。」

郭秀湘彷彿洩氣的氣球一樣整個人癱了下來，用手指戳著純白害羞鯊。

為了避免發生被當場抓包的窘境，我拿出相符的硬幣扔入打叉的塑膠袋，隨即拉著依然瞪著純白害羞鯊的郭秀湘離開犯罪現場。

反射性想要遠離夜市的我們走了好幾個街角。離開夜市之後就發現周遭猛然暗了下來，只有兩側建築物透出微弱的晦暗光線，即使轉頭看向來時的道路也覺得相當陌生。

最後我們就像是受到燈光吸引的蛾，踏入街角一間散發著潔白光芒的速食店。將皮包僅存的金錢用來購買三號餐，身無分文地移動到地下室的用餐區。

深夜的速食店相當熱鬧，座位大約滿了六成。基本上是三五成群的學生，其中夾雜幾位專注凝視蘋果筆電的大叔。我避開高聲喧嘩的學生那桌，走到最角落的兩人座位。

郭秀湘似乎仍舊無法接受隱藏版是瑕疵品的事實，保持沉默，只是板起臉不停用手指輕輕戳著害羞鯊公仔。

當我吃完薯條的時候，郭秀湘總算重新振作，小心翼翼地將公仔擺在桌面正中央，取出手機以各種奇怪的姿勢取鏡拍攝。

「……請問妳在做什麼？」

「我要拍照上傳到害羞鯊的粉絲群組大肆炫耀一番。」

沒想到無遠弗屆的網路世界竟然暗自存在著那種彷彿邪教團體的恐怖群組，讓我不免感到一陣冷顫，隨即靈光一閃。

「慢著，既然有那種群組，妳直接問成員哪裡有扭蛋機不就好了！」

郭秀湘一愣，用呆愣的眼神放空好幾秒才不好意思地偏開視線，囁嚅說：「結果All right不就好了，反正也拿到隱藏款了。仔細想想這個可是很厲害的事情耶！至少經過了三個幾乎是奇蹟的巧合才到手。」

「確實是這樣沒錯啦。」我沒好氣地說：「翻後車箱貨物的時候沒有被當成現行犯扭送警局真的是奇蹟。」

「能夠找到這裡的扭蛋機也是啊，發現小貨車的時機也很剛好。」郭秀湘感慨地說：「雖然我向來是無神論者，不過今天開始感覺會相信奇蹟存在了，這個隱藏版的害羞鯊正是證據！我會當成傳家寶好好珍惜的。」

「……等等，妳的語氣怪怪的。我可沒有說要給妳喔，這個是我出錢買的。」

「什——」郭秀湘的表情一僵，柳眉直豎地罵：「你……這樣太沒有紳士風度了！發現那台貨車的人是我耶！」

「墊錢的人是我。」

「大不了我明天還你嘛！幹嘛跟我搶！你又不喜歡害羞鯊！」

「我可以拿去二手變賣啊。」

「邪門歪道！你竟然會做這種邪門歪道的事情！真是看錯你了！」

「妳加入的那種在線上討論害羞鯊的奇怪群組才是邪道組織吧！」

在半客滿的地下室雙方僵持不下，數十分鐘後，我們總算耐不住其他客人投來的疑惑視線，再加上很擔心店員小姐會報警處理，只好暫時休戰，拿起隨身物品離開速食店。

「……感覺蠢斃了。」

「……同意。」

「……所以這隻害羞鯊送我。」

「妳是想要吵第二輪嗎！我很樂意奉陪喔！」

郭秀湘輕輕咂嘴，搖頭說：「算了，畢竟也快要到十二點了，如果地球毀滅的瞬間，我做的最後一件事情卻是和同班的笨蛋吵架，感覺死掉的餘韻很差。」

「妳果然想吵第二輪對吧。」

郭秀湘不置可否地偏開視線，抬頭從高樓大廈的縫隙之間窺探夜空。

「距離今天結束還有多久？」

聞言，我反射性要從口袋取出手機，摸了好幾次之後才猛然想起手機早在白天就被沒收了。

郭秀湘沒好氣地從小背包的側面口袋取出一支手錶，向前拋出。

我趕忙接住那支橢圓形錶殼的玫瑰金女士腕錶，疑惑地問：「有手錶為什麼不戴著而是要放進背包裡面？」

「我不喜歡手被圈住的感覺，而且也會留下曬痕。所以幾點了？」

「快要過十二點了。」

聞言，郭秀湘飛快瞥了眼手錶，猛然站挺身子，像是要甩去某種情緒似的大聲呼喊。

「——十！九！八！」

來不及反應的我愣愣看著郭秀湘激動揮舞握拳的雙手。

為什麼忽然做出這種像是新年倒數的舉動？

旁邊的路人也受到衝擊，紛紛驚嚇似的僵住不動。

儘管如此，郭秀湘反而加大音量繼續高喊，同時不停眨眼，示意我也跟著一起倒數。

「七！六！五！」

震懾於奇妙的氛圍，我不由得舉起手，尷尬地一起喊了聲：「四。」

郭秀湘的情緒再度躍至最高點，雀躍不已地高喊。

「三！」

「二！」

「一！」

「零！」

秒針、分針和時針彼此重合。

聽說地球會毀滅的瞬間就此來臨。

2.無法成為公主的奔三ＯＬ的情況

今天也加班到了這個時間。

在晦暗的辦公室，我十指交握地向前伸展手臂，微微嘆息。手邊的落地窗可以俯視絢爛華美的夜晚街景。商家招牌、路燈、汽車拉成線的燈光和大樓窗戶透出的光線交織成燦爛星斗的光景，正好和一片漆黑的夜空成為對比。

將尚未完成的文件存檔，接著再放到隨身碟保存第二份，我重重吐息，結束今天的工作。

辦公室只剩下我的桌燈亮著，其他地方都是一片漆黑。

當初剛進公司的時候還會斤斤計較下班時間，每次加班都得強忍煩躁，不過現在如果沒有在公司待到這個時間反而會覺得有哪裡不對勁。

「這麼一想自己果然有點不正常了。」

低頭反省的我等到電腦關機結束，隨即拿起公事包起身，湊著從窗戶透入的月色和轉角開關的微弱光線半摸黑地踏出辦公室。這棟辦公大樓雖然和周遭的建築物群相較算是較晚落成的新大樓，偏偏電梯卻是一副年代久遠的模樣，偶爾甚至會發出令人心底發毛的「喀喀喀喀喀」聲響，讓我懷疑會不會像是電影一樣纜繩斷裂，直接墜落。

儘管如此，若要踩著高跟鞋從一樓爬樓梯到辦公室，我想還是直接墜落而死比較輕鬆，因此抱怨歸抱怨，我依然每次都使用電梯移動。

今天也聽著「喀喀喀喀喀」的不明聲響順利抵達一樓，我向坐在大廳角落看電視的警衛大叔點頭示意，隨即彎腰走出鐵捲門拉下一半的大門。悶熱的空氣頓時黏上皮膚，讓我產生踏入不同世界的錯覺。

街道飄散著一種在白天不會聞到的味道。

用力吸了一口這種討厭的味道，我加快速度邁出腳步，前往公車站牌希望能夠趕上最後一班車。

✣

回到租屋處的瞬間總覺得累積一整天的疲勞全數湧上來，我如釋重負地蹲坐在玄關，將臉埋在抱起的雙臂和膝蓋，同時不耐煩地磨擦雙腳試圖蹭下高跟鞋，然而試了許久卻只是令腳踝的部分摩擦得紅腫，只好伸手用指尖伸入縫隙脫掉高跟鞋。

明明只是無關緊要的小事，不過總覺得輸掉了。

接著我猛然定格，凝視著房間內部。和走廊只隔著一道薄牆的廚房似乎傳來滴答水聲。

原本以為是自己太過神經質了，然而經過好幾秒，水聲依然不絕於耳，我匆匆忙忙地拉掉另一腳的高跟鞋，踉蹌跑進廚房擰緊水龍頭。

儘管只是浪費了一些水費，我仍舊暗罵自己的不小心，原本就不甚高漲的心情更是因此落至谷底。

瞪著依然殘留數灘水漬的流理臺，一切都無所謂的感覺縈繞身邊，胡亂脫掉全身衣物，扭成一團地扔在廚房地板，挺直脊背踏入浴室。

我抱著膝蓋坐在浴缸當中，讓燙得皮膚微微刺痛的熱水緩緩淹過腳踝、大腿、胸部直至肩膀。雖然相差甚遠，不過我忽然有種逐漸溺斃的錯覺，就這樣盯著粼粼閃動的水面逐漸升高。

不多時，浴室變得煙霧繚繞。

視野逐漸變得朦朧，我讓身體滑入浴缸，僅剩臉部浮在水面，直到泡到有些頭暈的程度才起身，順手拔掉浴缸的水塞再度裸著身子走回客廳。

室內的空氣彷彿凝固了。

這間公寓的採光極佳，缺點則是不太通風。陽台能夠將隔壁的公園景色盡收眼底，然而一年四季都沒有風會從那個方向吹進來。

我走進臥室，拉開衣櫥底層的抽屜換上胸前寫著「睡覺」的純白T恤。

雖然被不少人說過我挑選服裝的品味很差，不過我還是喜歡那種有些粗糙卻越洗越舒適的便宜布料觸感，即使領口有些翻了、袖子有些脫線了還是愛惜地穿著。

用臉頰蹭著肩膀的衣料時，我總算意識到肚子餓了。

仔細想想，今天的最後一餐是在中午的休息時間狼吞虎嚥地吃了兩個鮪魚三明治。雖然不記得成年人一天該攝取多少卡路里才能夠維持生理機能，不過兩個三明治肯定太少了。

拖著腳步走到廚房，我蹲在冰箱前面。

裡面空盪盪的，無機質的燈光將塑膠夾層照得慘白，令人看得心慌。

「沒辦法嘛，每天回到家都這個時間了，根本沒有時間去採買。休假也有很多事情得忙……」

低聲唸著不曉得要說給誰聽的藉口，我隨意拿起放在門邊一顆用保鮮膜層層包裹的蘋果，走回客廳坐在沙發，緩緩啃著。明明包裹得密不透風，蘋果卻吃起來乾巴巴的。

完全沒有品嘗味道只是重複咬碎吞下的動作，我花了三分鐘就將果肉啃食殆盡，只剩下看起來營養不良的果核和沾滿黏黏液體的手掌。

用衛生紙粗魯地擦著雙手，我整個人坐在沙發，將腳跟放在壓克力的小矮桌，放鬆地滑動平板電腦，隨意瀏覽論壇內的各個討論串。

緊接著，有句話清晰無比地映入眼簾。

「——聽說，明天地球會毀滅。」

我一瞬間無法理解其中的含意，定格似的凝視著電腦螢幕將那句話從頭到尾看了五次，總算讓大腦成功接收到這個訊息，接著不禁笑了出來。

笑到上氣不接下氣、腹部發痛的那種程度，直到視野發黑才勉強止住笑聲。

許久不成笑到這種程度，我反而覺得自己很厲害。

「——那樣就不用上班了！萬歲！」

我一邊唸出聲音一邊用雙手拇指打出文字。

鍵下送出之後，我擺出萬歲的姿勢高高舉起雙手，彷彿明天真的不用去上班似的變得神清氣爽，然而緊接而來的卻是空腹感，果然試圖只靠一顆蘋果騙過大腦掌管飢餓的中樞還是太天真了。

我單手摀著肚腹，起身走到廚房。剛才浮現那種不用去上班的錯覺尚未消退，我久違地回想起小時候聽見明天放颱風假的雀躍心情，蹲在碗櫥面前東翻西找，總算在不曉得何時收到的陶瓷碗盤禮盒後面找到一包泡麵。

雖然保存期限的部分正好被磨掉了，不過反正是泡麵，應該沒問題才是。

在等待熱水煮沸的這段時間，我倚靠著餐桌邊緣。

桌上準備就緒地放著裝有圓形乾燥麵條、黏稠醬料和大量調味粉的瓷碗。

像是這樣的等待時間，我經常想起自己在大學的日子。嚴格而言，或許那段時間是自己二十多年來的人生當中唯一可以自豪了無遺憾的日子。每天都是宛如戲劇般充實且精彩的行程。

在那些眼花撩亂的活動當中，我也認識了林家瑜。

是的，林家瑜。

這個時候鐵鍋內的熱水開始沸騰，我急忙握住把手，將熱水倒入瓷碗。

戴著隔熱手套將瓷碗端到客廳的壓克力矮桌，我盤腿坐在沙發，窸窸窣窣地吸著麵條。凌晨時段的電視正好在播放日本大胃王的節目，看著那些年紀、身材與自己相仿的女性選手以公斤為單位不停累積紀錄，頓時覺得食慾增加不少。

吃飽之後，我關掉電視，走進廚房將瓷碗清洗乾淨後放在餐桌晾乾，倚著流理臺，無預警地再次陷入方才那種有如夢境的虛幻情緒當中。

如果世界有所謂的「完美的人」存在，我想一定是林家瑜。

在認識她之前，我偏頗地認為外貌姣好的女性通常都不好相處，然而和家瑜的相處時間越長，我就越感到訝異。

家瑜認真向學，不懂的部分會立刻舉手發問或者利用下課時間到講台詢問老師；她善於社交，真誠對待每位朋友沒有任何差別；她熱心公益，加入幫助孤兒、偏遠學童的社團，利用周末長假的時間前往陪伴他們；她清麗貌美，然而卻不以此傲。雖然都是細小瑣碎的優點，然而全部集中在一個人身上就顯得太過獨特。

家瑜是宛如童話故事中那位公主的存在。

出於某種機緣巧合，第一學期的分組我都和家瑜同組，學校宿舍也正好位於隔壁，因此我們自然而然地共同行動。有早八課程的那一天叫彼此起床，放學後相約用餐，假日也偶爾會牽手逛街看電影。

升上二年級的時候，家瑜詢問我要不要一起在校外賃屋居住，我也順著當時的氣氛同意，於是在並非本意的情況下，我逐漸成為家瑜的摯友。

普通平凡、嚮往成為公主的我變成最靠近公主殿下的人。

經過四年的朝夕相處，我知道她總會在冬天的早晨賴床；對於沒有腳或很多腳的昆蟲沒轍；小時候養過一隻叫作「樂樂」的臘腸狗；洗澡的時候習慣從右腳開始洗；比起符合可愛形象的鬆餅蛋糕更喜歡吃辣毛豆、炸花生米這種下酒菜；很疼愛有段年齡差距的弟弟；手機的待機畫面是第一次看到流星的海邊夜空；初戀對象是國中二年級來當家教的政治系大學生；與其說是個性隨和不如說是討厭計較，寧願自己吃虧也不喜歡和其他人起爭執。

無須刻意打聽，這些零碎的事情就像緩緩飄落的塵埃一樣悄然堆積在內心角落，驀然回首的時候已經成為不可分離的一部分了。

除此之外，我也知道國中時期就讀女校的時候，因為她在校慶擔任班長的時候太過堅持己見，要求同學們利用放學後的時間進行準備，變成幾乎和所有人鬧翻的狀態，即使升上一貫制度的高中也沒有改善，依然被所有同學無視，因此大學時候只要有活動希望她擔任幹部總會露出客套的笑容推辭。

畢業之後，家瑜申請到前往戰亂國家擔任志工的資格。

她希望藉此累積實務經驗，最後進入聯合國工作。

當時同學們光是聽見這句話就露出欽佩的表情高聲讚嘆，然而他們並不明瞭這個工作所背負的責任與風險，那可不是坐在辦公室處理文書的工作，而是必須前往遙遠國度，在沒有網路、沒有電話、沒有食物甚至沒有遮風避雨的戰場幫助傷患、孤兒和無助民眾的工作。

雖然家瑜好幾次認真地解釋過這個工作的願景，然而我依然無法理解為什麼要為了那些未曾蒙面的陌生人賭上性命。從這點看來，我和那些聒噪起鬨的同學們或許沒有差別，畢竟我們都無法發自真心地去瞭解家瑜的理想。

發生內亂而動盪不安的國家；荷槍實彈的軍人們正在分發乾糧；哭聲、呻吟聲、嘆息聲與尖叫聲從四面八方傳來的城市，無數難民擠在避難所，向神明祈禱這波的戰鬥盡快平息。

這些景象是隨時環繞在家瑜身旁的真實，儘管如此，在我眼中只是透過出租紀錄片與書籍所得到的畫面，我知道無論看上多少遍依然與「那個真正的世界」隔著一堵無法打破的牆壁，不可能湧現實感。

畢竟我始終生活在一個和平安寧的世界。

想到這裡，我緩緩環顧這間租約快要滿十年的房間。

客廳、一間臥房、一間廁所兼浴室和在客廳牆壁用樓梯和木板釘出一個看似樓中樓的三坪空間。老實講，我始終搞不清楚設計裝潢的人腦袋在想什麼，當初如果不是家瑜堅持，我絕對不可能租賃這種風格的房間。

她說自己很嚮往歐美人家的閣樓，有種祕密基地的感覺，願意將臥房讓給我而自己窩在樓中樓睡覺，話雖如此，她很快就嫌那裡太窄了睡起來不舒服，轉而在各種地方流浪，沙發、走廊地板、浴室的磁磚，偶爾也會跑來和我擠同一張床，至於樓中樓則是變成她打報告的專用場所。

大學畢業的當周周末，家瑜就離開了這座城市，此刻房間各處卻仍然可以看見她殘留的影子。握把是貓咪尾巴的馬克杯、漂流木雕刻的圓滾滾貓頭鷹、鱷魚的筷架、公牛模樣的踏腳凳、非洲象的黑白時鐘、雄鹿鹿角造型的衣架、兔子耳朵的廚房擦手巾以及無數排滿床鋪的絨毛布偶。

家瑜很喜歡動物，在這間房東嚴令禁止養寵物的宿舍只能夠聊勝於無地購買大量以動物為原型的擺設聊表慰藉。小時候連獨角仙也不曾養過的我無法理解必須花費大量金錢照顧的寵物究竟有何價值，不過反正家具不會忽然需要看病也無須伙食費，對此，我也沒有發表異議。

注意到時間超過了半夜一點，我走進臥室打開音響，放入Kevin Kern的光碟，聽著由緩轉快的摩擦聲響，直到響起輕柔的鋼琴聲才坐到電腦桌，俯身打開電源開關，同時調整好繪圖版的位置。執起繪圖筆之後習慣性地轉了一圈。這份冰涼的堅硬觸感令我感到很安心。

這次要畫的圖是來自網友的委託。

雖然我沒有架設網站接案，也不曾在繪圖平台發表註冊，然而偶爾總會有網友透過神奇的手段得到我的信箱地址，希望我能夠幫忙繪製大頭貼、插圖或者是原創小說的封面。基本上只要別卡在旅遊旺季，我都會斟酌接受。

與其因為興趣而畫，能夠得到報酬的圖當然更有動力……至少因為有截稿期限，我就算缺乏幹勁也會強迫自己坐在電腦桌前面。

開機完畢的電腦螢幕出現一隻齜牙咧嘴的Q版鯊魚桌布。

這孩子的名字是害羞鯊。雖然從國中的時候就偶爾會畫些自創角色，不過害羞鯊是第一隻我全心全意進行設計，甚至寫了將近三千字背景設定的孩子。至於選擇鯊魚作為原型的理由很簡單。那是家瑜最喜歡的動物。

當初也是在家瑜的鼓勵下才將害羞鯊製作成通訊軟體的貼圖販售，隨後很慶幸地受到不少人的支持，兩年前甚至接到廠商的連絡，詢問將害羞鯊製作成扭蛋的意願。

原本我並不打算讓害羞鯊這個角色進行如此商業化的發展。

他只是某次和家瑜閒聊時偶然出現的角色，能夠畫成貼圖，讓世界上某些人知道、記住，這樣就滿足了，然而當我聽見也會在日本、泰國、越南和馬來西亞等地區販售的時候卻一口同意製作扭蛋的要求。

思考著這些事情，我塗塗改改地畫著線稿。

委託人是之前曾經合作過幾次的網友，帳號名稱是「緋色心」。從來信的用詞遣字判斷，他應該是一位經營個人部落格的大叔。

記得第一次交涉的時候，緋色心的要求相當簡單，拜託我畫一位戴著粗框眼鏡青年的大頭貼，僅此而已。按照往常經驗，這種過於精簡的委託大多事前沒有認真思考，看見線稿之後就會開始增加各種額外要求：可不可以換個更有動感的姿勢？右手可以多加個書包嗎？能夠畫成眨眼的表情嗎？瀏海能夠改成更帥氣的款式嗎？能夠畫張綁馬尾版本的線稿嗎？諸如此類，煩不勝煩，所以我隨便畫了兩張不同表情的線稿交差。

沒想到緋色心完全沒有囉嗦，挑了一張之後相當乾脆地將金額全數匯入帳戶，反而令我感到有些心虛，只好務求完成最高標準的成品。

這次的委託是插畫。

我對於經營部落格毫無研究，不過按照緋色心的說法，始終只有文字的文章很容易令讀者厭倦，如果附上插畫會讓點閱數飛快上升，然而胡亂使用網路的圖片唯恐觸法只好前來委託。

打從小時候開始，我就很喜歡畫圖的時間。

完全不必在意周遭，甚至能夠忘記現實，只要專心將存在於腦海的想像世界畫出來即可……在那個世界，我甚至能夠成為身穿漂亮禮服的公主殿下每天在富麗堂皇的城堡舉辦茶宴，邀請英俊帥氣的王子們前來舞會。

專心致志地描繪線條，我對腦海的架構一邊進行微調一邊操控筆桿將之畫成實體，直到肩膀忽然傳來一陣極為酸楚的僵硬感才猛然驚覺播放的音樂已經停了。

室內被緩和的寂靜所籠罩。

我將體重往後壓在椅背，緩緩地舒展雙手。

「今天就到此為止吧。」

確定圖片存檔之後，我連刷牙洗臉也懶得，搖搖晃晃地轉身，將調好鬧鐘的手機放到床頭櫃，隨即正面躺在床鋪，厭煩地用肩膀、關節和屁股將壓住的絨毛布偶推開，拱出一個凹陷。這麼做完之後我也用盡了最後一絲力氣。

半夢半醒之間，我想起大學的時候，家瑜偶爾會嫌沙發不好睡，跑來和我擠這張單人床。

因為兩個人都擠得很不舒服，於是我們會開始聊天，說著小時候的事情、大學的事情、打工的事情和未來的事情，氣氛溫柔繾捲、美好縹緲，彼此的嗓音像是千層派似的一層疊上一層，夾著糖霜和嬉戲打鬧的笑聲，直到某個人睡著為止。

我還記得家瑜睡著時會發出很像口哨的低低鼾聲，她的長睫毛以及微微嘛起的粉色嘴唇。

或許自己的時間在家瑜不告而別、離開這間宿舍的時候就停止了。

我翻了個身，將臉埋在某隻絨毛布偶的柔軟肚腹。

明天睡起來之後，這個回憶將再次藏封於內心深處，難以回想起來。我隱約明白這件事情，在略顯悲傷的情緒中陷入沉睡。

✣

醒來的時候，那種半夢半醒的感覺依然殘留在大腦某處，彷彿有某個部分的自己仍然在作夢。

半掩的窗紗透入晨曦，讓房間充滿一種安心又平穩的氛圍。

「——總覺得做了一個很懷念的夢。」

我對著擺在床頭的仙人掌喃喃自語，緩緩歪著腦袋。

然而一如往常，無論我怎麼回想也想不起來數秒鐘前異常清晰的夢境內容。

手機的鬧鈴這個時候才遲來地響起。

總能夠在鈴響前醒來是我為數不多的特技，儘管如此，卻是一個無法寫在履歷表的無用特技。

煩躁地用指尖滑掉鬧鈴，我掀開棉被，站在床鋪旁邊重重吐息。

——如果今天地球就會毀滅，加班也變得毫無意義。這麼想著，我依然迅速到浴室沖澡提振精神，用大毛巾擦乾身體之後換上套裝。

袖口的線頭稍微脫落了，或許該用今年的年終獎金買一套新的了。

如同當年馬雅預言說世界會在２０１２年12月21日毀滅一樣，雖然每個人都抱持著看熱鬧的心情興致勃勃地討論這件事情，卻沒有任何人當真，仍然繼續規劃著下周、下個月甚至下一年的計畫。

我知道那則討論串的內容不過是無稽之談，畢竟內容只有一句「聽說明天地球會毀滅」而已，連小孩子說的謊言更加有真實性，然而卻在腦海繚繞不散。

我沒有對著化妝鏡整理儀容，隨便將頭髮梳平之後就踏出玄關。

租屋處就在大學附近，距離公司卻必須換乘一次公車再步行十多分鐘才能夠到達。平時，我總會利用這段時間大略整理出今天要解決的事務，然而或許是昨日睡得不好，腦袋昏沉沉的，放空發呆的後果即是差點錯過下車的站牌，急忙高喊「不好意思我要下車」，在所有乘客的注目當中狼狽地刷卡離開。

經過這個插曲，腦袋的狀態從昏沉沉變成沉甸甸，隱約發疼。

單手從公事包的側面口袋取出止痛錠，我直接湊著口水吞下藥丸。內壁像是被迫往兩側扯開，有些反胃。吞嚥了好幾次，那股有異物卡在喉嚨的感覺仍然揮之不去，不過或許是心理作用，總覺得偏頭痛的症狀略為緩和。

重新繃緊神經邁出步伐，當我抵達公司大樓門口的瞬間，無預警地湧現一種什麼事情都無所謂的倦怠感。

通常這種感覺只會在調換到新部門、升職和一個月被客訴超過六次的時候出現，沒想到竟然會在今天這樣平凡無奇的日子來襲。為了避免妨礙到其他人，我側著身子讓後面的人先行踏入大廳，移動到人行道的立體招牌旁邊整理情緒。

瞄了眼手腕內側的手錶，距離打卡的時限還有半個小時。

時間足夠讓我細細思索這份情緒。

彎腰倚靠著人行道的欄杆，我注視著來來往往的西裝和學生制服，好半晌才想到這份心情和昨晚看見的那則討論串脫不了關係。

——即使今晚地球毀滅了，我仍舊做著不會影響到任何人的工作。

這個時候，我覺得自己隱約碰觸到家瑜當初想要告訴我的事情碎片，想要細想的時候卻又像是嘗試抓住流水，無論如何捏緊手掌也留不住任何物品。

不耐煩的情緒如同在皮膚內側飛快爬竄的小蟲，伸手搔抓也毫無用處，當我回過神來，握在掌心的手機已經撥出家瑜的號碼，發出嘟嘟嘟的聲音等待接聽。

這個以往不曉得重複過數百次的動作此刻卻令我感到萬分猶豫，甚至閃過立刻切斷通話的衝動，最後卻還是捏緊手機殼默默等待。

異常緩慢的數十秒過後，當聲響自動轉入語音信箱的瞬間我緩緩吐出長氣，忙不迭地結束通話。

沒有接通也是理所當然的結果。

畢竟家瑜所在的場所本來就是音訊全無的國外，考慮到時差問題那邊應該是夜晚，況且她很有可能已經換了手機號碼，不如說，如果此時竟然接通了才是奇蹟。

覺得有些安心卻也有些失落，我將手機調整成靜音模式，深呼吸一口氣重整心態以萬全的姿勢踏入大廳。將兩側頭髮全部剃掉的警衛大哥宛如一尊佛像地站在櫃台旁邊，面無表情地朝向每位經過的人行注目禮。

微微頷首作為打招呼之後，我趁著電梯門關起的瞬間踏入其中，然而狀況依然相當差勁，光是載了五個人就發出較往常更加響亮的傾軋聲響，彷彿鋼絲吊繩逐漸崩斷、剝離。終於抵達樓層的時候我忍不住嘆息，慶幸自己能夠安然踏出電梯。

「早安。」

我邊說邊踏進辦公室，繞過兼具招待室功能的茶水間，將公事包放在自己的辦公桌下方，彎腰打開主機電源。

我所任職的公司是一家旅行社，規模極小，目前為止只有三家據點，總員工數不到五十位，因此業務相當煩雜，舉凡能夠和出國旅行稍微扯上邊的事情都屬於工作內容。

大學畢業的第一年，我也換過好幾次工作。航空公司、日商公司和補習班老師，然而每項都持續不到三個月的時間，最後偶然應徵上了這間公司的面試，不知不覺就做到現在。

小時候，我肯定沒有想過長大之後自己竟然會成為旅遊公司的員工，終日忙於聯絡飯店、向客人推銷各種方案以及處理善後等業務。

我還記得當初自己考慮是否要繼續待在這間公司的時候猶豫了很久。

如果趁著年輕離開，或許能夠找到另一份更適合自己的職業，然而也有可能再也找不到比這裡更好的工作，遲遲無法下定決心。每年都想著「至少先找到更好的工作再跳槽」，然而每月買的求職雜誌連塑膠封膜都不曾拆開只是堆在電視櫃的下方抽屜，最後我依然繼續待在這間公司。

這個時候，抱著兩份塑膠資料夾的同事怡慈在擦身而過的時候像是忽然想到什麼似的，後退兩步停在我的座位旁邊，苦笑開口：

「不好意思，璇姊，老闆昨天在問那組有兩個老人和一個4歲小孩去義大利的家庭團，妳有印象吧？」

「那組客人的負責人是曉婷吧？」

我將視線移開開機完畢的電腦螢幕，蹙眉反問。

「原本是這樣沒錯，但是昨天客人打電話投訴，說是不滿意曉婷的態度，罵到她都哭了。老闆好像有意思改讓妳負責那組。」

「……知道了，晚點我會直接去問老闆。感謝妳的事前通知。」

「不會不會。」

怡慈微微頷首，繼續走向資料鐵櫃。

怡慈也算是公司內頗有經驗的老手，女性職員當中的資歷僅次於我，然而仔細想想其實也才26歲而已，距離大學畢業不到四年的時間，令我不禁發出「真是年輕呀！」的感嘆。

思考這種事情只會讓情緒益發低落，作為切換點，我緩緩地將肺部的空氣全部吐出來，抿嘴繃緊神色，準備開始處理今天的工作。

不知不覺，時間來到午餐時刻。

按照公司規定，職員們有一個小時的空檔能夠用餐，然而大部分的人都懶得外出，直接訂購便當在最短時間內吃完，利用剩餘時間小睡片刻。話又說回來，中午時間偏偏是客戶最常打電話來詢問各種事情的時間帶，我通常連吃飯的時間也不想浪費，繼續處理沒有盡頭的工作，然而今天卻心血來潮地想要到外面用餐。

「喔？璇姊要出去吃飯嗎？真是稀奇呢。」單手端著便當的怡慈拉開椅子，可惜地說：「早點說我就不訂便當了，總覺得很想知道璇姊會去什麼樣的餐廳。」

「偶爾啦，如果有我的電話就麻煩應付一下了。」

「瞭解，璇姊請慢走。」怡慈豎起右手，誇張地擺出一個敬禮的姿勢。

我沒好氣地扯起嘴角，陪了個苦笑之後拿起錢包和手機離開辦公桌，經過茶水間的時候能夠瞥見女性職員們正嘰嘰喳喳地分發便當。

總覺得隱約能夠聽見「鯊魚」、「論壇」和「扭蛋」這些關鍵字，不過應該是我的過度意識了，畢竟根據扭蛋廠商當初的調查，害羞鯊的人氣有九成都來自高中少女，ＯＬ應該連害羞鯊的名字都沒聽過才是。

搭乘著破爛的電梯抵達一樓大廳，踏出建築物大樓的時候我因為耀眼的陽光而不禁伸手遮擋。

夏日的中午時分相當難熬，即使站在陰影當中也會覺得體內的水分不停蒸散，讓我瞬間感到後悔。然而現在折返就必須面對怡慈「為什麼這麼快就回來了？」的疑問，兩相權衡之下，我繃緊神色朝向公車站牌繼續邁出腳步。

查詢時刻表後發現下一班公車要等半個小時，內心的煩躁感再度高漲，我不得已只好選擇步行，抄捷徑拐入陰涼的巷弄。

我的目標是一家名叫「Fourmis」的麵包店。

由於店主的堅持，營業時間是早上十點到下午四點，有時候甚至在午後兩點就會全部銷售一空，在喜歡甜食的人之間是頗受好評的店家。我也曾經在好幾次的假期撲了個空，某次賭氣在開店前一個小時就去排隊，沒想到前面竟然早就有數位客人在等待了。

店主的年紀應該只比我年長幾歲，卻能夠將店鋪經營到如此程度，從這個角度看來，店主和家瑜是相同類型的人。這點令我相當敬佩。

走了好一段路，當我意識到和ＯＬ擦身而過的頻率很高的時候也來到Fourmis的門口。伴隨自動門開啟的清脆聲響，某種混合著砂糖、烤焦奶油和麵團的香味迎面撲來，讓一路上煩躁的心情頓時緩和許多。

「歡迎光臨。」

戴著紅色三角巾的店主開朗地招呼。

我微微頷首，拿起塑膠托盤和麵包挾踏入擺放著各式麵包的走道。

商品大多是麵包，不過冷藏櫃的甜點才是媒體爭相報導的重點。

午餐選擇那些由砂糖、奶油和各式糖漬水果堆砌而成的精緻甜點只有在高中畢業之前才能夠接受，我瞥了精緻小巧的蒙布朗一眼，隨即移動到麵包區域，搖動手腕空挾著麵包挾。

徘徊許久，我挑選兩個夾有火腿和生菜的可頌三明治，排在兩名ＯＬ身後準備結帳。放在收銀機旁邊的小木籃裝著玻璃杯的焦糖布丁，瓶口繫著的格紋緞帶看起來輕飄飄的，相當可愛。

「辛苦了。」

聽見店主的招呼聲，我才猛然意識到輪到自己了，趕忙將托盤放到櫃台，低頭露出尷尬的笑容。

店主熟練地單手撐開塑膠袋，用另一手將麵包挾入其中。

「不好意思，麻煩再給我一個焦糖布丁。」

「好的！這樣一共135元！」

我從零錢包取出正好相符的金額，接過紙袋。或許是好一段時間沒有來光顧，總覺得紙袋的材質比記憶中更光滑，必須捏緊手指才能夠避免滑掉。

踏出店門的時候總覺得心情煥然一新，想要盡快回公司享用午餐。

當我走下斜坡的時候，正好看見一輛公車緩緩駛過十字路口，不禁加快腳步，順利地成功搭上，心情更是因此雀躍不少。

單手拉著拉環，我看著景色接連流逝。

經過一間高中的時候，我凝視著寫有燙金校名的大門，忽然想起自己的高中時期。那時的記憶相當淡薄，就像透過佈滿刺繡的手絹窺探景色一樣，相較之下反而是學校以外的記憶更為鮮明。

我記得途中總會刻意在前兩個站牌下車，繞到一家小書店找找看有沒有新出版的少女漫畫，只要有新作推出的那一天就是中獎的日子。

至於花光零用錢的時候則是埋首於繪製插圖的興趣。為了避免被家人發現而將電燈全部關掉，湊著電腦螢幕和繪圖板的微弱光線畫到再撐下去隔天可能會無預警昏睡的時間點才草草梳洗刷牙，上床睡覺。

仔細想想，意外和現在的生活沒有太大差別。

抵達公司大樓的時候，當電梯開啟的瞬間我和一位不停傻笑的大叔擦身而過，接著無預警地想起緋色心。

說不定緋色心也是和那位大叔差不多年紀的上班族，每天夾在上司和部下之間，唯有回家之後才能夠藉著玩遊戲抒發壓力。說起來，緋色心的委託圖大概還要三天的時間才能夠完成。

我走出電梯，踏入公司的自動門。回到自己辦公桌的時候，隔壁座位端著排骨便當的怡慈擺出一個「沒有問題」的手勢，我將紙袋放到桌面，從中取出焦糖布丁。

「吶，給妳。正好特價順便買的。」

「喔！謝謝璇姊！」

怡慈立刻放下便當，誇張地用雙手捧住焦糖布丁，然而當她看清楚貼在杯蓋的店徽時，頓時驚喜地喊：「咦！這家店的甜點很有名耶！假日的時候甚至不到中午就賣完了！」

「是呀，我也撲空過好幾次。」

「再次感謝璇姊，我會小口小口好好品嘗的。」

「妳喜歡就好。」

我坐回自己的位置，在等待電腦開啟的時候拿出兩個可頌三明治，將它們整齊地排列在鍵盤前方。看著可頌三明治互相碰觸的焦黑末端，不禁莞爾一笑。

✥

我將體重往後放在椅背，用力伸展雙手。

眼看時間來到九點，再過三個小時地球就要毀滅了，我卻依然待在公司整理後天開會需要的資料。一想到此，不禁有種「自己究竟在做什麼」的無力感。

雖然早就知道那種故意編出來騙人的言論純屬無稽之談，然而內心角落依然有「如果地球真的毀滅了」的念頭。

——等一下地球是否真的會毀滅？

我轉頭眺望深邃的夜空，卻連一顆星星也無法看見。

仔細想想，我正待在由城市所構成的星空當中，即使是手機螢幕的微弱光芒也會成為一部分，傳遞到無限遙遠的宇宙。如果真的存在宇宙人，他們看見這顆藍色行星的時候應該也會跟著看見公司窗戶的光芒吧。

我瞪著還剩下三分之一的待完成文件好幾秒，頓時決定今天到此為止。

「畢竟是地球毀滅的日子，就當作特殊的節日早點下班吧。」

雖然將世界末日和自己的生日相提並論似乎有點奇怪，不過我用力伸展雙手，帶著爽朗的情緒切掉電源，隨意將私人物品掃入公事包內，快步離開公司。

電梯內飄蕩些許的香水臭味。

我看著電梯門反光的倒影，忽然意識到不久前也曾經這樣看著自己的臉，想了好一會兒卻偏偏想不起其他細節，莫名感到情緒低落。直到電梯抵達一樓，踏出大廳之後我仍然執著於這件事情，駐足在人行道邊緣發楞。

許久不曾在這個時候離開公司，總覺得街道的彩度比記憶中更加鮮豔，忍不住左顧右盼，接著注意到一個動作鬼祟的身影在外牆的毛玻璃前後徘徊，不時踮腳試圖從最上方的位置窺探大廳內部的情形。

見狀，我相當古典地揉了揉眼睛，然而當模糊的視野再次恢復清晰，那個人依舊沒有消失。我忍不住脫口而出：

「……妳在做什麼？」

那人猛然轉身，短髮隨之晃動。

如同方才的直覺，她正是我的閨蜜、摯友和憧憬對象的林家瑜。

原本應該待在遙遠國度的她此刻竟然待在公司外面的人行道徘徊，尤其今天還是地球毀滅的日子，這種近似於奇蹟的情況實在太過巧合，我不禁用錯愕的語氣再次脫口而出：

「妳究竟在做什麼啊？」

聽見我的詢問，家瑜緊張地全身一震，然而對上眼的時候似乎立刻就認出我來，彷彿當初在大學校園偶然巧遇一樣輕鬆地走上前打招呼。

「這不是小璇嗎！真巧！」

「嗯，是我。」

腦袋尚未理解現狀，導致我的回答也顯得呆板。

一時之間我們都不曉得該說些什麼才好，相視無語。

家瑜的臉孔和印象中相差無幾，然而多了幾份滄桑，多了幾份成熟。

良久，我率先開口：「為什麼妳在這裡？」

「嗯嗯……解釋起來有點麻煩呢。」

我這個時候才猛然想起家瑜只要想要隱瞞某件事情就會像現在這樣垂下眼簾，支吾其詞。這種時候無論怎麼逼迫催促，家瑜的嘴也會閉得比蚌殼更緊。

某種縹緲卻帶著暖意的情緒輕輕掠過心梢。

「接下來有時間嗎？」

面對我的提問，家瑜一愣，隨即漾起笑容回應：「當然。」

「那麼陪我去吃晚餐吧，今天連續遇見三個鬼打牆的客戶，心情超差的。」

「那樣的確很討厭呢。」

家瑜感同身受地頻頻頷首。

夜色瀰漫，然而公司位於城市的鬧區，此刻街道依然川流不息，能夠看見不少情侶坐在捷運站出口旁邊的小廣場，親暱地互動。

或許因為身旁的人是家瑜，這些平時一律看過就拋諸腦後的景象歷歷映入眼中。

我能夠聽見她的清脆嗓音，感受到她的動作，伸出手甚至能夠碰觸到柔軟光滑的手背。一想到此，血管似乎塞滿黏稠的楓糖漿，將胸口脹得滿滿的。家瑜每個小動作都能夠勾起腦袋深處的回憶，讓我有種回到大學時代的錯覺。

我們前往一家能夠看見這座城市夜景的餐廳。

當初某次拗不過怡慈的邀約，湊人頭地陪她前來這裡聯誼，雖然最後以糟糕透頂的失敗告終，不過我個人倒是相當中意這裡的氣氛，像是生日之類比較有慶祝意義的日子總會一個人來這裡用餐。

「真不愧是小璇，居然知道這種店。」

家瑜佩服地發出讚賞，昂首端詳裝潢。

我沒好氣地說「只是普通的餐廳而已啦」，走到櫃台點了蔬菜三明治。在我隨意瀏覽酒單的時候，家瑜從後方貼近，率先對著店主理所當然地說：「請給我們兩杯梨子冰沙，然後再一份串烤拼盤。」

我轉頭蹙眉，家瑜輕聲表示：「今天不太想喝酒。」

我不置可否地聳肩，將酒單放回收銀機旁邊的側籃。

我們移動到靠窗的座位，相對而坐。

家瑜似乎對於桌面的流線型水瓶產生莫大興趣，深情款款地用指尖順著弧度滑動。途中我試圖捕捉她的視線卻都被迴避掉了，只好單刀直入地開口：

「妳打算說明為什麼會出現在這裡嗎？」

家瑜微微抿起嘴唇。

「拿到久違的連假，想說好一陣子沒有回來了，回過神來就發現自己已經待在機場了。雖然本來想要趁機見見可愛的弟弟，不過宿舍空無一人，打手機也完全沒有反應，真不曉得跑到哪裡鬼混了……難道這個就是叛逆期嗎？作姊姊的真是擔心。」

家瑜刻意用誇張的語氣和表情這麼說。

我忽然想起來自己一直看不慣她這種彷彿在話劇舞台的說話方式，然而這個只是小缺點，瑕不掩瑜。

「妳還在那個非政府組織工作嗎？」

「去年已經調到行政的單位了，我們有規定到前線工作的時限。」

「那麼為什麼連封信都沒有寄？」

「我有寄啊。」家瑜蹙眉反駁：「一年至少都有寄一封，雖然偶爾只是張白紙，不過我想那樣應該也有成功表達『我還活著唷』的意思。」

我知道她不會在這種事情上面說謊，所以進而問：「那麼妳將租屋處的地址背一遍看看。」

「妳也知道我從來不會記地址，不過離開之前我有將門牌抄在筆記本。」

「我從來沒有收到妳的信。」

「真奇怪呢。」

家瑜發出嘟囔。

這個時候，服務生端著餐點，走到桌邊開始上菜。

話題暫時中止，我們各自專注於微微冒著熱氣的料理。裝著梨子冰沙的玻璃杯眨眼間就凝結出水珠，暈濕了靛藍色杯墊。

家瑜小口啜飲著冰沙，隨意地說：「對了，趁著這個機會，我想問問妳其實挺討厭我吧？」

這是事實，然而也不是事實，因此我無法果斷地給予回應。

「……什麼意思？」

「從第一次見面的時候，妳偶爾就會用那種眼神看我。」

「妳在說什麼？」

「不用狡辯，我們都多少年的交情了。」

家瑜用指腹繞著杯緣緩緩滑動，嗓音莫名帶著笑意。

我可以聽出其中幾乎沒有責備的成分。

「有人說過男女之間沒有純友情，不過在我的意見，這件事情無關性別，單純只是波長頻率的問題。有些人只要靠著小動作就能夠傳達意思，有些人就算相處了好一段時間，對話依然無法磨合……而我們兩人應該算是波長很合的類型。」

大學期間聽過不少這種家瑜不曉得從哪裡看到的半自創理論，關於波長的這個理論還是首次聽說。我保持沉默，細細琢磨家瑜想要表達的意思，雖然我知道她很快就會直接說出結論。

果不其然，家瑜很快就繼續話題。

「世界上並不存在波長百分之百吻合的那個人，換言之，不可能有兩個人全盤接受對方，如果用陳腐一些的說法，大概是不存在命中注定的白馬王子吧……嗯？總覺得話題是不是扯遠了？」

「所以我該道歉嗎？」

「不必了，因為我偶爾也會出現討厭、羨慕妳的情緒，算是打平吧。」

「這是什麼西方式的玩笑嗎？」

即使朝夕相處四年的時間，我依然無法摸透家瑜的說話邏輯。

家瑜舉手招呼服務生收掉空餐盤，加點了甜點。

在婉拒之前服務生就離開了，我只好默默吞下話語。

在等待甜品上桌的時候，家瑜不停用指腹摩娑著桌面，良久才露出緬懷的神情說：

「其實這段時間，我曾經和一個男人交往過。」

雖然感到訝異，不過「果然如此」的念頭卻佔了更多部分。我瞄了眼手腕內側的手錶，接續這個話題。

「他是怎麼樣的人？」

「很難用一句話簡單形容耶。」

抿起嘴唇的家瑜細細斟酌，彷彿要將每個說出口的詞彙都先用犬齒咬成渾圓的鵝卵石。

「這麼說好了，只要待在他的身旁就會覺得很放鬆，能夠以最自然的態度相處，不必費力扮演其他角色，雖然我們之間有些價值觀、理念或想法互相衝突，然而很快就找到雙方都能夠妥協的平衡點。」

「會吵架嗎？」

「當然。」

「整體而言聽起來挺不錯的……外國人嗎？」

「不是，我們在這座城鎮相遇、相戀然後分手。」家瑜仍然笑著。

聞言，我不禁怔住了。

倘若要我列舉一份「絕對不可能發生的事情」的清單，無須思考，「天底下有男人捨得甩了家瑜」將會是第一項，當然，家瑜並非完人，身上也有許多小缺點，譬如吃小雞塊的時候喜歡沾胡椒鹽多過於番茄醬；不擅長料理；會因為鬼片而作噩夢卻偏偏喜歡看；私底下其實有些邋遢，諸如此類，然而仍舊瑕不掩瑜。

「……難道那傢伙只喜歡同性？」

「不是妳想的那樣啦。」家瑜勾起嘴角，苦笑著搖頭。

「所以為什麼？」

「因為他最後選了妻子和女兒。」

對此，我什麼也沒說，也什麼都不能說，只是又喝了口冰沙。

舌尖因為寒冷而凍得逐漸失去知覺。

「我害得他們以離婚收場。」家瑜沉默片刻，平靜地重複：「因為我的緣故導致一個家庭支離破碎，換作大學時期的我聽見這件事情，肯定會難以置信地痛罵這種行為吧，當時他們甚至有一個讀國中的女兒……」

我凝視著櫃台上方的鵝黃色螢光燈。喉嚨內壁覺得乾乾的。

「總而言之，我已經決定再也不要和他聯絡了。」

家瑜露出落寞的笑容。

或許是察覺到自己的語氣太過果斷，停頓片刻後才繼續開口。

「話雖如此，今天我也是來找他……這麼說也不太對，我只是想遠遠地看看那個人，只要一眼，這樣就足夠了，只是沒想到小璇也在同一間商業大樓工作，令人切身感受到世界其實很小呢。」

家瑜用指甲輕輕敲著桌面。

咚、咚、咚的。

「說起來，妳似乎一直在注意時間，有什麼其他預定嗎？男朋友之類的？」

「才沒有那種人。」

「還是說妳已經結婚了！」家瑜忽然提起興致，用肩膀輕輕撞了我一下。

「怎麼可能。」我訕然將手機收回口袋，搖搖手說：「我應該會單身一輩子吧，雖然也大概有心理準備了。」

「咦，那樣多可惜。」

為了阻止看起來想要深入討論這件事情的家瑜，我只好扔出另外一個她會更感興趣的話題。

「吶，妳知道嗎？聽說地球今天會毀滅。」

「那是什麼啦。」家瑜忍不住失笑，接著如同昨天第一次看見這則消息的自己一樣難以克制地抖動肩膀，好半晌才勉強止住笑意，用手背擦著泛淚的眼角詢問：「那麼妳在這個地球即將毀滅的最後日子做了什麼？」

「和往常一樣出門上班，直到不久前在大廳撞見妳的時候才下班。」

「什麼嘛，真是無趣。」

家瑜皺起眉頭，就像發現期待許久的玩具不如預期的孩子，轉而端起玻璃杯，順時鐘緩緩搖晃。

「我姑且有試圖找妳，不過很快就放棄了。畢竟手機不通，我也不曉得妳雙親的住家地址，況且因為這種莫名奇妙的理由去麻煩其他同學也覺得不好意思。」

家瑜對此並未表現出太大的興趣，而是央求我開啟那則討論串讓她看看內容，即使我說幾乎沒有網友回應也不在乎，鄭重閱讀四則留言。

這個時候我遲來地想到自己的回應也在其中，內心頓時竄起一種日記被親人偶然看見的詭異情緒，然而此刻也沒有理由阻止家瑜，我只能夠故作鎮定地喝著梨子冰沙。

經過一段我懷疑她說不定把內容都默背起來的時間，家瑜才打破沉破。

「為什麼妳要叫作『玻璃舞鞋』？」

「嗯，當初註冊的時候是在三、四年前了，要問理由也……大概是因為我很喜歡灰姑娘吧。」

「感覺很有妳的風格，我的話嘛……比起有公主戲份的童話故事，我更喜歡《穿長靴的貓》和《布萊梅樂隊》這種風格的故事。」

別說公主了，裡面的主角甚至都不是人類吧。我沒有將這個感想付諸言語，只是轉而詢問：「換作是妳會怎麼做？」接著立刻察覺自己並未完整地表達意思，補充說：「假如妳昨天看見這則消息，會怎樣度過地球毀滅的前一天？」

家瑜微微抿起嘴思索。

「如果大部分的人都不知道這則消息，那麼我應該也會假裝沒有這回事，按照預定度過，最多就是在工作結束後奢侈地泡澡，或者是將珍藏的巧克力棒吃掉吧。」

家瑜豪邁地飲盡梨子冰沙，瞇起眼睛忍受著頭痛。

看著她的模樣，我忽然想起來大學一年級的班級聚會似乎也發生過類似的場景。那個時候我心想「能夠不帶矯揉造作地做出這種動作，真不愧是美女」，然而現在卻只是單純覺得繾綣懷念。

家瑜迎上我的視線，同樣露出微笑。

那瞬間，緊繫在彼此之間的那根弦似乎猛然變得鬆弛。

我們將最後的客套態度拋諸腦後，親暱地互相碰觸彎起的指節，一個眼神就能夠察覺對方的想法。

我們告知店家將甜品外帶，大步離開餐廳返回熙攘的街道。

招牌商家的霓虹燈似乎很難穿透晦暗的夜色，混雜成某種朦朧的光暈。我瞇眼思考片刻，總算察覺到或許自己已經醉了，暗自懷疑剛才喝的梨子冰沙是否有攙酒。

家瑜將裝著甜點的塑膠袋套在手腕，凜然伸了個懶腰。

「對了，今晚能夠讓我借住在妳的公寓嗎？和大學的時候一樣，我只要半坪的地板或沙發就行了。」

「我還住在那間樓中樓的公寓喔。」

「大學租的那間？」家瑜驚喜地反問。

我微笑點頭，看著這個正是自己期待的反應。

「我呢，應該會一直住在那間公寓。如果妳剛好回來又沒有其他地方可以住，隨時都可以借妳一塊地板。」

說完的時候，我才注意到事情其實很簡單。

當初我就是想要告訴家瑜這件事情，單純只有這樣而已。

「真不錯呢，那就先說聲謝謝了。」家瑜下意識地用指腹輕觸臉頰，低聲呢喃：「真懷念啊，現在依然可以清楚地想起某些大學時候發生的事情，不過仔細想想已經是很多年前的事情了。」

以此作為契機，我們宛如回到大學時期，毫無邏輯、次序可言地聊起大學的各種事情，從開學那天正好坐在鄰座的偶然；到外面吃午餐卻記錯時間，不得不搭乘計程車趕回大學的事情；在新生參觀社團的時候討論哪個社團學長比較帥的事情，彷彿逐一核對彼此的記憶，互相補足對方缺欠的部分。

況且分隔將近七年的時間，彼此都有太多話題想要告訴對方了。

明明沒喝酒卻看起來微醉的家瑜微微歪著頭，露出朦朧的眼神盯著我笑。

今天晚上，家瑜應該會跑來和我一起擠那張單人床吧。

我們會回到大學的時候，枕著彼此的髮絲，像是青春期的小女孩一樣面對面說著各種無關緊要的瑣事吧。

這個時候我才確實理解到即使不能成為公主也無妨，畢竟我也只是單純憧憬從公主眼中看出去的世界，然而一旦設身處地將自己放到那個位置只怕尚未享受就先被沉重的壓力擊垮了。

公主之所以是公主，正是因為擁有周遭眾人的承認。

一心想要成為公主的我無論多麼努力，終究不可能成為公主，然而那樣也無所謂了。仔細想想，我從未考慮過「成為公主之後應該面對的責任」，單純只是一個勁地朝向「成為公主」的目標邁進。

這個時候，我的視野湊巧對上手腕內側的手錶，認真凝視許久總算意識到已經12點07分了。

新的一天就此到來。

地球並沒有毀滅。

儘管是理所當然的事情，我仍舊鬆了一口氣，如釋重負地吐息。身旁的家瑜側臉露出「怎麼了嗎？」的眼神，我搖搖頭，習慣性地挽住她的手臂，準備朝向那間我們倆曾經共同居住過的公寓邁步。

3.等待冬天來臨的部落格格主的情況

睜開眼睛的時候，率先浮上腦海的念頭是——「啊啊，今天我也好好得活著呀」，接著便感受到臉頰傳來的麻癢感以及充斥整個房內的悶塞熱氣。

明明已經將窗戶全部打開，風扇也調整到最高速，儘管如此，溽暑熱氣的黏著程度遠遠超乎預期，以幾乎固體的狀態充斥整個房間，讓我不禁懷疑為什麼自己尚未溺斃。

即使赤裸著身子睡覺，和竹蓆相接的皮膚仍然不停冒出汗水，印出一個深褐色的汗漬。

忍耐逐漸逼近極限，我試圖讓腹部用力好挺起上半身以便脫離皮膚彷彿要與竹蓆融為一體的情況，不料試了好幾次都在25度角的位置失敗。脊椎重重撞到地板導致夾帶麻癢感的疼痛襲上後腦杓，間接令精神更加清晰。

數分鐘後，好不容易站起身子的我氣喘吁吁地轉頭瞪著身後竹蓆的不規則汗漬，忽然覺得看起來像是人臉。

「這種現象好像有某種科學理論可以解釋吧……」

熱到發昏的腦海模糊地浮現好幾個由英文直譯的專有名詞，然而每一個都顯得似是而非，仔細想想，打從大學畢業後我就不曾看過或說過英文了，無法想到如此艱深的專有名詞也是情有可原。

放棄思考的我用腳將竹蓆踢到角落，跨過堆放在牆邊裝滿礦泉水的紙箱走到電腦主機的位置蹲下。起床的第一件事情就是將電腦開機，這件事情似乎已經變成烙印在靈魂的生存本能，即使雙眼只能夠看見模模糊糊的視野依然可以準確摸到開關，然後流暢敲打出密碼進入主畫面。

趁著這段時間到浴室用冷水潑臉，讓自己清醒並且降溫，回到房間之後通常電腦就啟動完畢，隨時可以連接到各大論壇、攻略網頁或線上遊戲的伺服器主機，然而今天當我走出浴室的時候卻發現電腦螢幕仍然一片漆黑。

疑惑地蹲在主機前面的我用力壓著開機鍵，然而主機始終沒有動靜，即使將所有的插頭都拔掉重插也沒有效果，使用最後手段得到的成果只有發紅、發痛的右手，被鋼鐵鎧甲保護的主機沒有發出絲毫聲響，澈底地保持沉默。

「搞什麼啊……為什麼會在這種時機點壞掉啦……」

我無力地平躺在地板，忽然覺得只要電腦能夠修好，即使要我待在暑氣翻騰的房間也無所謂。

這個時候，腦海無預警地想起昨晚的那則討論串。

那是一個相當大型的論壇，雖然使用者偏向國、高中生，然而也有不少較為艱澀難懂的區塊。如果社會出現重大案件，論壇通常第一時間就會有所消息，因此我幾乎只要在醒著的時間都會保持帳號登入的狀態，偶爾刷新各個主題頁面。

昨天深夜，有人發布了一則「聽說，明天地球會毀滅」為標題的討論串，內容除了空白鍵之外什麼也沒打，一看就知道是太過無聊的人故意發的，然而卻意外地讓我相當在意，直到睡前都不停關注。

再次打起精神的我坐起身子，走到桌邊拿起手機，花了好些時間才從大量的主題中找到那則「聽說，明天地球會毀滅」的討論串，然而下方的留言卻和昨天睡前最後一次看的時候一樣只有四條回應。

好不容易燃起的興奮感頓時煙消雲散。

接著沒有由來的，我想起國小的時候，老師曾經要求全班寫一篇作文。

題目是「未來的我」。

我已經忘記當時的自己究竟寫了什麼，不過反正不會是目前這種生活。

話雖如此，目前這種生活雖然有不少彆扭之處，然而好處卻也比想像更多。至少同儕在社群網站發文抱怨今天又要加班到半夜的時候，我可以悠哉地盤腿坐在電腦前面，喝著碳酸飲料搭配洋芋片，愜意觀賞世界各地網友們製作的有趣影片。

即使房間在冬天的時候刺骨寒冷而在夏天的時候又悶熱如蒸籠，我依然覺得勝過那些必須燃燒生命作為代價、終日加班挨罵的工作。畢竟這間房間的房租相當便宜，有些許不便之處也可以忍耐。

一想到此就忽然覺得熱了起來，我起身走到吊扇下方卻只能夠感受到溫熱的微風，乾脆打平躺下讓將臉頰貼著地板。儘管如此，數秒的時間就令冰涼感與體溫同調，反而令臉頰感受到沙沙的灰塵觸感。

從平時不會使用的視角仰望房間，我凝視著眼前捲成一團的毛髮、不明碎屑、地板的紋路和兩隻互相碰觸觸角的螞蟻，緊接著，我不禁想起勤奮的螞蟻和懶惰的蟋蟀的寓言故事。

腦海浮現小時候曾經見過的繪本畫面。

會反光的紙張角落有一隻肩膀放著小提琴的蟋蟀愜意地躺在弧形的草梗，翹著腿曬太陽，底下的陰影處則是一隻扛著糖果、累得滿頭大汗的螞蟻。

蟋蟀和螞蟻之間有過什麼樣的對話相當曖昧，反正不外乎是蟋蟀的故意調侃，像是「為什麼要這麼努力工作呀？」、「為什麼不一起來唱歌呢？」、「距離冬天還那麼久，現在儲備食物太早了」之類的內容吧。

這麼想來，明明蟋蟀的生活方式比較輕鬆，為什麼大家卻不願意選擇呢？

抱持著如此疑惑的我卻也一直走在螞蟻的道路。

儘管如此，現在的我卻過著蟋蟀的生活又是為什麼呢？

走到窗戶旁邊，我將雙手撐在窗軌將全身的重量都託付給牆壁。帶著些許熱度的微風吹過鼻尖，卻彷彿受到某種阻礙，在窗口繞了一圈後又離開，沒有進入房內的跡象。

明明尚未天亮，為什麼依然這麼熱？

這個從春末就浮現的疑問在今天仍然沒有得到解答，和蟋蟀與螞蟻的疑問一樣堆積在心底某處。

我凝視著逐漸變得熱鬧的街道，開始思考該如何度過地球即將毀滅的最後一天。

由於學生時期始終保持著優異的成績，逐級考上最高學府成為其中一員，我無法理解那些說著「不懂自己究竟為了什麼而讀書」、「這些知識究竟有什麼用處」或「對於未來感到迷惘」的人究竟在想些什麼。

我不明白為什麼他們連這麼簡單的事情也不懂。

為了得到平順的人生，必須獲得良好的工作。

為了獲得良好的工作，必須通過面試與考核。

為了通過面試與考核，必須從頂級大學畢業。

為了從頂級大學畢業，必須在考試得到高分。

為了在考試得到高分，因此必須努力讀書。

所有的事情一環扣一環，從現在踏足的位置往前延伸到十年、二十年甚至更久以後的遙遠未來，雖然玩樂、運動等能夠放鬆心情的休閒活動也不可或缺，然而孰輕孰重自然不言而喻。

我在自己規劃的人生路線上順利邁進，一一克服難關邁入新的階段。

第一次對自己產生懷疑的時候是在出社會三個月的時候。

當時我任職於一家業界頗有名氣的廣告公司，擁有優良的待遇和相較之下優渥的薪資。同學、親戚聽見我就職於那家公司之後總會露出羨慕、讚賞的神情，在這樣的氣氛當中，我卻逐漸產生懷疑。

因此當頭髮漸白的主管用極度侮辱人格的字眼大肆怒吼職務過失的時候，我在感到歉意的同時也感受到疑惑逐漸加深，開始思考自己打算將未來三、四十年都花費在這種事情上面嗎？這個就是我從學生時期努力十年以上的時間渴求的結果嗎？

畢業於頂尖學府的我親眼見識過何謂天才。那時，我首次知道有人只需花費不到自己一半的時間就能夠將數倍的知識融會貫通、學以致用，而且這種人並非少數——有人能夠流利使用十多國的語言；有人精通十多種樂器；有人在國中時期就獲得諸多詩詞散文的文學獎；有人的畫作帶著某種攝人魂魄的魅力；有人能夠心算天文單位的數學題目。

於是我再次體認自己並非天才，充其量只是一名熟知考試技巧的逸才。

我不可能成為名留千史的人物，也不可能做出改變人類社會的重大事蹟，因此選擇了一條符合自身位階的道路。進入業界風評良好的廣告公司，做著駕輕就熟的工作內容領取相對而言較多的薪資報酬……這樣的生活真的是我的最終目標嗎？

一旦疑惑成形，在得到解答之前就會持續在腦海打轉。

隔天，我向主管遞出辭呈。

沒有理會詢問和慰留，我昂首闊步地踏出公司，覺得世界海闊天空。

那時的我認為自己相當年輕，也擁有亮眼的學歷，即使悠哉地蹉跎一、兩年的時間也無不可，讓身體和心靈好好休息，仔細思考自己究竟想要什麼樣的未來，儲備好力量之後再次出發就可以了。

大學時期，從二年級就開始打工的我也有一筆不少的儲蓄，其後在一位研究股票的學長的半矇半騙下拿出二十萬投入市場，不知不覺間翻了兩倍。即使沒有正職，這筆存款加上四處打工的微薄薪水也能夠支付目前的生活開銷。

儘管一開始計畫得相當樂觀積極，然而這種心態在不知不覺間轉變為壓力，重得幾乎將我壓垮。面試的時候被問到為什麼前一項工作是一年前、這段時間都在做什麼的時候，雖然大腦擬定出不少冠冕堂皇且符合面試官期望的答案，然而話語到了嘴邊卻發不出聲音，只能夠吶吶地呆坐在椅子上面，而且這種情況即使到了其他公司也沒有改善，無論事前我做了多少準備，將稿子背得滾瓜爛熟，只要坐在椅子接受面無表情的面試質問，聲音就是無法順利離開口中。

我明明知道怎麼回答就能夠讓面試官留下好印象，偏偏無法順利地發出聲音。

隨著打工的時間逐漸加長，這個狀況也越來越嚴重。

為什麼要去工作？

現在的生活不也相當愜意嗎？

反正到公司上班也只是做著毫無意義的重複工作，花費在生活的金額與現在相差無幾，盡心盡力存下那麼多錢又有什麼用處？錢財這種東西只要足夠養活自己就足夠了。

儘管如此，我依然偶爾會對這種完全看不到未來目標的生活感到恐懼，深夜睡著的時候幾度被噩夢驚醒，然而在公司工作的恐懼卻也逐漸增加。畢竟比起縹緲虛幻的未來，工作會感受到壓力已經有深刻的親身體悟，兩者互相傾軋之後，大多以後者的取勝告終。

最後我選擇放棄工作，待在足以遮風避雨的便宜公寓，終日埋首於遊戲漫畫的世界。或許是某種反動，由於小時候鮮少接觸這種類型的消遣，隨便都能夠找到讓我沉迷其中的作品，猛然回神之後發現時鐘顯示著「0500」卻無法分辨是傍晚或凌晨也成為再稀鬆平常不過的日常瑣事了。

由於電腦始終沒有正常運轉的跡象，我只好平躺在地板，凝視著天花板紋路打發時間。

「即使今天地球會毀滅也無所謂吧，反正本來就是爛到無以復加的生活，也沒什麼好可惜的。」

將內心的想法說出口之後總覺得格外彆扭，我倏然坐起身子，隨時因為腦袋一陣暈眩而又躺了回去。

✣

——即使地球毀滅也沒關係，因為我的人生沒有遺憾。

會相信這種漂亮話的人只有孩子、愛作白日夢的少年和單純的瘋子吧？

這個世界相當現實。

現實到讓人覺得心灰意冷的地步。

舉例而言，當人們賺到大量財富的時候，下一步即是利用自身優勢制定規則，阻止其他尚未獲得財富的人達到和自己一樣的地位。雖然這也是理所當然的事情，然而辭職之後我首次發覺金錢的重要性，學生時代能夠輕易花掉數百元在唱歌、購買衣服或給手遊課金，然而現在卻會將一元、五元的硬幣仔細收納在存錢罐，每晚記帳本日開銷。

萬幸的是我出生在一個即使露宿街頭也不會凍死或熱死的城市，如果有心，可以在巷弄、店鋪後門的集中垃圾桶找到各種食物，即使沒有正職的工作也能夠靠到處都有的打工賺取伙食費、水電費和網路費，偶爾買完遊戲光碟、小說漫畫還會有多餘的錢可以去吃牛排奢侈一番。

想到牛排的瞬間總覺得耳邊傳來黑胡椒醬在鐵板滋滋作響的幻聽，肚子也跟著餓了起來。這個是否算某種巴伐洛夫的制約？暫且不考慮答案，我開始在房間四處打轉，收集散落在房間各處的手機、錢包這些必備品，同時將身上的吊嘎和海灘褲換成素色T恤和七分褲。

再次確定錢包裡面有鈔票之後，我離開房間，踏入悶熱程度和三溫暖不相上下的夏日當中。毒辣的艷陽毫不留情地灑落，在柏油路烤出飄蕩的幻影。

「真厲害，眨眼間就讓我覺得自己變成灰燼了。」

試圖苦中作樂的我閃身進入騎樓的陰影處，多少減緩了即將燃燒殆盡的錯覺，話雖如此，吸滿熱氣的肺部仍舊快要脹破了，這樣在抵達販售午餐的商家之前或許我就會先倒地身亡了。

為了避免獲得生平第一次搭乘救護車的成就，我拐入路旁的服裝店中場休息，假裝想要買件襯衫實則盡情享受冷氣。

在我訝異於童裝價格的時候，一位身穿高中制服的少年神色匆匆地抓了件門口特價區的T恤，筆直走到櫃檯結帳，然後再度進入換衣間。

由於少年的動作太過果斷，不禁吸引了我的視線。

仔細想想，距離午餐時間還有好一段時間，高中生此刻應該待在教室聽課才對，然而若說少年翹課卻又相當違和，渾身散發一股難掩雀躍的興奮情緒。目送換穿成奇怪T恤的高中少年消失在街道彼端，我也跟著離開服裝店，熟門熟路地拐入巷弄，目標是一家經營到午後兩點的早餐店。

只要在關店之前最後一刻的時候抵達，可以以接近半價的優惠麻煩老闆娘用剩下的材料製作餐點，再加上早午餐合併，一餐的價錢解決兩餐，可謂相當划算。

雖然我的經濟層面尚顯寬裕，不過依然想要盡可能地節省開銷。畢竟辭掉朝九晚五的工作之後每天的空閒時間多到讓人無所適從的程度，倘若毫無節制地花費，存款消耗的速度將遠超乎想像。

倚靠身後的公寓外牆，大口吃完早午餐的我將紙餐盒捏成小球塞入口袋，準備等到發現垃圾桶的時候再扔。

沐浴著逐漸轉熱的陽光，我信步走向位於住宅區邊緣的市立圖書館。不僅冷氣沁涼、光線充足、沙發舒適且沒有時間限制，是我辭職之後尋覓許久才發現的最佳消磨時間場所。

今天我選擇待在三樓的漫畫區域。這裡的館藏作品相當齊全，從數十年前到去年出版的作品應有盡有，雖然考慮到適合全年齡閱讀這點令藏書稍微偏頗，就算有戰鬥漫畫也都是不會出現死人的那種類型。

這層樓相當安靜，連圖書館員的身影也沒見到。除了我之後只有一個小嬰兒睡在娃娃車，母親則是坐在旁邊，翻閱著食譜。

接著，我忽然想起大學社團一位外語學院的學姊。

當時我參加的社團是「貓尾巴服務社」，雖然冠有服務之名卻是血統純正的聯誼性社團，除了為了應付社團評鑑的每年兩次社區掃地活動之外都在社辦聊天玩桌遊。

那位學姊當初似乎也是被社團名稱騙進來的人之一，得知實際的活動內容之後就鮮少露臉，算是掛名社員，偶爾才會出席學期末的聚會，然而卻始終是其他社員津津樂道的話題主角。

那位學姊是外語學院的逸才，擁有堪稱美女的外貌和平易近人的個性，算是連外校都聽過名字的校花，然而真正令我印象深刻的是學姊能夠理所當然地述說理想，連我這個不曾和她說過話的外系學弟也知道她希望進入聯合國、為戰亂地區的人民工作，而學姊也確實筆直朝著理想邁進，據說在畢業的同時就前往聯合國工作了。

畢竟是連對話都不曾有過的社團學姊，畢業之後我就不曾聽見那位學姊的消息了。距離畢業也過了好幾年的時間，我不禁納悶那位學姊是否依然在聯合國服務嗎，或者已經放棄原本的目標而在這座城市的某處結婚生子了。

或許是我看得太過明目張膽了，那位年輕母親將手放在食譜頁面，側臉對著我頷首。見狀，我急忙轉開視線，隨手抓了好幾本漫畫，大步走到最遙遠的靠窗座位。

再次回神的時候，窗外景色已經被染成橘紅。

我起身舒展僵硬的手腳關節，捧著漫畫走到書架將之一一歸位，沒有選擇電梯而是扶著塗著紅漆的扶手不疾不徐地走下樓梯。

踏出圖書館大樓的時候，夏日傍晚的蟬鳴伴隨著溫熱微風包裹住身體。

餘暉在視野角落閃閃發亮，讓我用力眨了好幾次眼。

或許是正值放學下班時間的緣故，街道飄盪著一股如釋重負的氣氛，擦身而過的每張臉孔都帶著難掩且迫不及待的雀躍。見狀，帶著某種身為打工族的優越感油然而生。

他們付出時間與健康，在短時間內賺取相較而言豐碩的薪水，而我則是以微薄的最低薪資作為代價，能夠盡情享受不被束縛的自由。

如同螞蟻與蟋蟀的故事。

至於誰是誰非，在冬天來臨前恐怕難以有個定論，至於冬天何時會到來，更是個不解之謎。假設冬天來得又快又猛，即是螞蟻的勝利，反之，假設冬天在有生之年內都沒有到來，自然是過得輕鬆愜意的蟋蟀的勝利。

話又說回來，這種事情也有勝負可言嗎？

回到租屋處的時候，有種已經分不清皮膚和T恤界線的奇妙錯覺，姑且先將回程途中順路買來的綠色包裝零食放到主機的位置，雙手合十地一拜，我隨即走進浴室。要脫掉T恤的時候甚至擔憂會不會把皮膚一起撕下來而不禁地放輕力道，保險起見也反手檢查了一下後背，確定皮膚仍舊好好地黏在身上後才將濕透的衣物摔在地板，俯身扭開水龍頭。

濺在身體的水瀝瀝地流過地板磁磚，化成一條反光的蜿蜒道路。

雖然我比較喜歡冬天，能夠窩在溫暖的棉被當中度過一整天，然而在洗澡這件事情上面，無須在意瓦斯費的夏天倒是略勝一籌。

低頭凝視匯聚成束的水流，我用掌心感受從指縫流逝的重量，直到指腹的皮膚逐漸被泡得皺起才扭緊水龍頭，拿起掛在牆壁的毛巾擦乾身體，隨後裸著上半身踏出浴室。

撞擊到凝固在房間的那團空氣時，我透過皮膚感受到水珠帶走熱氣的涼爽。套上一件特價時買的素色T恤，我俯身觀察電腦，接著發現它不負期望地復活了。

看來綠色零食的效果比想像中更為顯著。

我端正坐姿，流暢輸入密碼，打開部落格的編輯後臺。

會開始經營部落格的理由相當簡單，只是想要為打遊戲的行為附加正當理由，畢竟小說、漫畫大多可以在兩個小時內看完，而RPG遊戲這種一個晃神就從白天直接玩到深夜的消遣總會令我產生罪惡感，如果能夠撰寫遊戲心得藉此經營部落格賺取廣告費，無疑有了正當理由。

話雖如此，我的文筆相當普通，遊戲技巧更是連是否勾得著中等水平也有待商榷，遑論高手們各種神乎其技的操控技術，簡直望塵莫及。

我不曉得看一個遊戲渣所寫的攻略心得有什麼有趣的地方，不過世界之大，或許真的存在興趣如此怪異的人。其中一位忠實讀者甚至是馬來西亞人，當初任憑我埋頭苦思了三天也不明白那位觀眾究竟是透過什麼樣的連繫才會發現我的部落格。我也是那時才首次知道中文在馬來西亞也是通用語言之一。

隨意從書籤頁的歌單中選出一首循環播放，我倚靠著床鋪，瀏覽著APP商店。

這段日子所玩的動作角色扮演遊戲陷入卡關的狀態，正好需要另一款能夠作為部落格文章題材的免費遊戲，片刻便發現一款最近很流行的手機遊戲。

藉由扭蛋取得強大的角色，組織軍隊之後依序將角色投擲出去，與其他玩家互相搶奪地盤的對戰遊戲。抱持著打發時間也無不可的念頭，我按下安裝鍵。

等到遊戲下載結束，躺在地板的我雙手拿起手機，開始進行單調的玩法說明與練習過程，其後連續玩了一個多小時總算累積到能夠十連抽的軍牌。

我抱持著無異於虔誠信徒的心態按下按鈕。

「——來吧！」

在擁有扭蛋系統的手機遊戲有所謂「刷首抽」的說法。簡言之即是不停重複註冊新帳號，跑完教學過程，累積到能夠十連抽的素材，扭蛋，如果沒有適合開局的角色就刪掉遊戲紀錄重新安裝，直到抽到強大的稀有角色為止。

雖然這是大部分玩家的共識，不過我個人從來不曾刷過首抽。

即使一開始只抽到被玩家認為毫無用處的垃圾角色，我也會繼續玩下去。

這是我個人的小小堅持。

人生沒辦法重來，因此我在遊戲也不會重來，無論拿到多麼爛的手牌都會繼續玩下去。

部落格似乎有很大一部分的讀者抱持著「用那種爛角色究竟能夠撐到什麼地步」的心態觀看文章。

這款遊戲也是如此，無論抽到多麼爛的角色我也會用他開局，繼續玩下去。話雖如此，如果能夠抽到強大的稀有角色自然還是有益無害。

一個半小時的努力在三十秒內就結束了。

結果只有扭到一隻保底的3星角色。稍微上網查詢攻略之後得知這隻拿著長槍的角色連在3星當中也算是墊底層級，更是受到了二次打擊。

果不其然，我在相當前段的部分就卡關了，無論如何也打不贏一隻右手裝備著大砲的BOSS。直到體力澈底消耗殆盡，我依然佔不到五分之二的地盤，甚至有一次因為己方地盤被澈底攻占而提早落敗，讓人不禁懷疑這個遊戲的平衡系統究竟有沒有經過嚴格的審核。

以結果而言，雖然是很適合寫在部落格的內容，然而心情依然相當不悅。

面西的窗戶透入陽光，讓我察覺到時間不知不覺來到午後。

關掉毫無進展的遊戲，我揉著發疼的手指，直接往後躺在地板看著徐徐轉動的風扇扇葉。大學畢業旅行時所買的狐狸面具擺在主機上面，直勾勾地盯著我，只好用腳尖將它推歪。

明明是地球毀滅的日子，過得如此悠閒沒有問題嗎？雖然抱持著這個疑問，然而倘若要我因此特別去做些與平時迥然相異的事情光想就覺得疲憊，還是符合自我風格地繼續待在悶熱的房間消磨時間吧。

我張開雙手，一一扳折手指，思考接下來該用哪個帳號名稱登入其他遊戲。

在剛剛下載完、投擲兵力佔領地盤的手機遊戲，我叫作「血腥將軍」。

在一個大型的MMORPG遊戲，我是一位名為「愛麗絲」的祭司。

在線上小說的網站，我的帳號名稱是「糖漬檸檬片」，專寫奇幻作品。

在射擊類的線上遊戲，我的代號是「T・B」。

在單機遊戲的RPG，我的主角名字總會是「柳靖禾」。

在卡牌對戰的手機遊戲，我的名稱是「真夏之雪」。

在撰寫遊戲心得、攻略的部落格，我以「赤色長髮」為名。

在以美少女戀愛為主題的遊戲，我的名字是「景舜」。

在大型論壇，我的帳戶名稱是「蟋蟀」。

在撰寫遊戲心得、攻略的部落格，我是「ＢＺ」。

在日本最大的繪師交流網站，我的帳號是「田中大五郎」。

在免費註冊的信箱，我將帳號名稱取為「緋色心」。

在每則發文上限為150字的社群網站，我的帳號名稱是「ＵＲ祈願★終身榮譽自宅警備員」。

在以聊天為主要功能的社群軟體，我叫做「Ted」。

暫且不論那些連自己都忘記的遊戲，隨便一想我就擁有超過十個不同的名字，好幾次都必須重複確認遊戲名稱和記憶才能夠知道自己正在以哪個名字活動，至於原本的名字卻似乎很久不曾聽過了。

結果直到最後，我依然沒有決定該玩哪片遊戲。

因為遲遲沒有得到決定所以無法採取動作，我繼續躺在逐漸發熱的地板，任憑各種念頭在腦海穿梭，直到透入窗紗的光線從耀眼的純白變成橙黃，我才意識到差不多該去買晚餐了。

總覺得不久前才剛吃完早午餐，沒想到這麼快又要吃下一餐了。

對社會人而言，這句感嘆似乎稍嫌奢侈了。我這麼想著，又在地板滾了個圈，遲遲無法決定該選擇何種料理作為晚餐，只好先暫時保留答案，等會兒邊走邊想。

當初踏出租屋處的時候，隔壁的住戶似乎正好回來，有個身影從樓梯間的位置出現，能夠看見插在口袋的手腕掛著兩個超市的塑膠袋。青蔥和蘿蔔的上半截從袋口露了出來。

我的視線雖然緊盯著地板，不過依然用這些年來鍛鍊出來的技巧在避免對視的情況下頷首打招呼，然而眼角卻瞥見對方動也不動地站在門前，很顯然死命盯著我。

不曉得為什麼會變成這種預料之外的狀況，我唯一的念頭就是盡快離開，然而在邁出腳步的瞬間，隔壁住戶同時一個箭步攔阻在面前，讓我如遭雷殛地僵立當場，動彈不得。

這個時候，我才看清楚隔壁住戶是一位蓄著鮑伯髮型的矮小少女，臉蛋相當清秀，從穿著套裝和高跟鞋的模樣判斷應該是剛從公司下班。

「——你是學長對吧！」

矮小少女用肯定的語氣開口，由下往上地凝視著我。

許久不曾和其他人正面對視，我一瞬間無法招架那雙彷彿可以看穿情緒的雙眼，迴避視線地囁嚅：

「請、請問我們在哪裡見過面嗎？」

舌頭有些不聽使喚，不過勉強在沒有口吃的情況下說出完整的句子。

我不免鬆了口氣。

「幹嘛那麼見外啦，搞得我們好像是陌生人一樣……咦？我應該沒有認錯人對吧？我對於自己這點可是很有信心，說是特技也不為過，之前甚至在街上隔著五十公尺就認出國小同學！厲害吧！啊，話題好像有點扯遠了，所以你是學長沒錯吧？曾經待過——」

矮小少女連喘息的時間也不肯浪費，劈里啪啦地講了一堆話，然後用開朗的語調說出我之前任職的公司名稱。

那個瞬間，先前矮小少女說過的內容一掃而空。

上班時候的記憶和情緒從腦袋深處緩緩滲出，夾雜著令人不快、鬱悶、煩躁、彆扭的情緒，然而出乎意料，我似乎因而想起某位和眼前矮小少女極為相似的同僚。

瞇起眼睛仔細端詳矮小少女的臉孔，我遲疑地確認。

「妳是……啊！剛進公司的那位新人嗎？」

「討厭啦，我都入社將近兩年的時間，早就不是新人了。」矮小少女彷彿聽見了什麼笑話似的拍打我的後背，力道之強勁，讓我差點失去平衡直接撲倒在地。

✣

許倚藍。

個性豪爽不做作、心直口快，說難聽點就是不會看氣氛，感覺會在重要場合講錯話導致現場陷入寂靜的類型。

這是我對於她為數不多的印象。

當初只在介紹新人的歡迎會見過幾次面，之後她就被分到不同的部門，偶爾才會從同事間的聊天內容中聽見旁支末節的傳言，不過至少在我辭職的時候，倚藍學妹在公司適應得相當良好。

「——原來這個就是單身男子的房間呀，嗯嗯嗯嗯嗯。比想像中更髒呢！」

倚藍學妹雙手負在身後，趣味盎然地在房間探險，不時前傾身子瞇眼端詳各種擺飾品，然後直率地說出感想。

我努力不將視線瞟向受到地心引力而敞開的領口，注視著電視螢幕無聊的談話性節目，在內心思考事情為什麼會變成這樣。

因為夏日炎熱，希望能夠在冷氣充足的房間內享用甜點，這點可以理解。

因為最近的電視廣告不停播放某家堅持使用北海道牛奶的蛋糕捲，於是上網搜尋相關資料，這點可以理解。

因為在網站看見優惠方案和期間限定的口味而禁不住誘惑訂購了三條牛奶捲，這點也可以理解。

儘管如此，要在我房間一起分著吃蛋糕捲就令人疑惑不解了。

脫離社會的這段時間讓我和年輕人之間產生如此巨大的鴻溝嗎？

當初在辭職的同時我也和大學交往三年的女朋友分手，斷絕大部分的交友關係，房間已經有許久不曾有他人踏足。

結束探險的倚藍學妹坐在床沿，開始盯著天花板發呆。

許久不曾進行社交活動的缺點在此時表露無疑，我竟然連這種時候可以說什麼話題打破沉默也不曉得。畢竟我的生活完全圍繞著小說、漫畫和遊戲打轉，即使去便利商店打工也和其他店員都保持不會聊天的職場禮儀，對於時下流行的歌曲、明星、電影、連續劇一無所知，貿然開口肯定只會落得對話在兩次的傳接球內結束的悲慘下場。

「學長有什麼嗜好嗎？」

倚藍學妹相當體貼地率先開啟話題。我鬆了口氣，立刻回答：「誠如所見，大概就是看看漫畫，打打遊戲吧。」

「漫畫數量的確很多，而且大多是男生喜歡看的打打殺殺類型，嗯……至少比少女漫畫好啦。」

「牆壁那邊也有幾本少女漫畫喔。」

「嗯，是喔。」

倚藍學妹興致缺缺地聳肩。見狀，我皺眉問：「妳討厭少女漫畫嗎？」

「不到討厭的程度啦，如果有改編成連續劇或電影的作品也會看看。只是不會主動去翻漫畫。」

「為什麼？」

「總覺得很不真實。」倚藍學妹順著話題承認，用略顯厭煩的口氣說：「裡面幾乎都有男主角的粉絲會、公主抱著腳踝扭到的女主角或是在絕佳的告白時機被撞見前女友的橋段對吧？每次看到的時候我都忍不住咂嘴。」

「這些場景應該有可能發生吧，單純以機率來看。」

「那麼像是湊巧在醫院遇見身患重病、不久就會離世的女主角，兩人在生命最後的日子相戀相愛的橋段就真的太扯了對吧？」

「最近的年輕人都這麼想嗎？」

我不禁納悶。正是因為少女漫畫的劇情難以在現實見到，所以才有看的價值不是嗎？

「學長和我也沒有差很多歲吧。」倚藍學妹被戳到笑點似的格格輕笑，隨即一副這個話題到此為止的表情，喜孜孜地從冰箱將冷藏中的三條蛋糕捲放到桌面，輪流拆開。分別是草莓卡士達醬、巧克力黑森林和濃醇芋泥，全部都是甜膩到讓人光聽就胃酸上湧的口味。

沒有注意到我的臉色，倚藍學妹說了句「那麼就開動吧」，隨即用塑膠刀切下草莓卡士達醬的蛋糕捲，啪地將之推到塑膠盤子。

「來，這份給學長。」

「……謝謝。」

雖然有點在意她稍嫌粗暴的盛盤方式，不過我還是出聲道謝，用雙手端著塑膠盤子坐到床沿，這個時候才猛然想起來方才出門是為了買晚餐。飢餓感頓時充斥胸口，只好聊勝於無地吃著蛋糕捲。

出乎意料的，味道相當不錯。

同時正好補充因為長時間進行對話而大量消耗的血糖。

「──學長！看鏡頭！」

倚藍學妹忽然整個人擠到身旁，高舉的右手拿著手機，在我反應過來之前就啪地按下快門。閃光燈一閃而逝。

結束動作的倚藍學妹坐回原位，開始替照片加工特效。

總算回神的我遲疑發問：「為什麼要拍照？」

「上傳社群網站，作為紀念。」

「那樣用獨照或只有蛋糕捲的照片不是更好嗎？畢竟妳身邊完全沒有人認識我吧。」

「不會呀，學長是公司的傳說喔，只要是新進人員應該都聽過學長的名字……啊，請稍待片刻，男朋友傳訊息過來了。」倚藍學妹將注意力轉到發出提示音的手機，熟練地單手敲打螢幕。

呆愣片刻，直到捧著的蛋糕捲倒下來碰到手指才猛然回神，我急忙追問：

「慢、慢著！妳剛才說了什麼？」

「男朋友的訊息呀，不過學長你不用擔心啦，等到他過來我就會回自己公寓了，這點基礎的待人處事禮節我還是知道的。」

「那種事情無所謂啦，他要在這邊吃蛋糕也沒關係，反倒是那個傳說是怎麼回事？」

「……什麼傳說？」倚藍學妹蹙眉反問。

「妳剛才自己提到的事情啊，我是公司的傳說？什麼意思？」

「喔喔，剛才的確講到一半。打從學長辭職之後上面對於新人的教育方式就溫和許多，甚至會定期舉辦餐費，讓大家無分上下、敞開內心地任意聊天，雖然我覺得那種活動沒有效果啦，不過至少是用公費去吃高級餐廳，並無不可。」

聽著那種離職前無法想像、彷彿天方夜譚的公司活動，我頓時不曉得該做何反應。

倚藍學妹這個時候總算回完訊息，動作迅速地蛋糕捲裝回盒內。

「那麼我就先行告退了，畢竟在男朋友抵達前得先收拾一下房間。感謝學長願意幫忙消耗，不然肯定吃不完，這條巧克力口味的蛋糕捲就留給學長吧。」

「咦？不用了，我吃一塊就夠了。」

「別在意啦，我家親愛的無論如何也不肯吃巧克力，在認識他之前我還真不曉得世界上竟然有人這麼討厭巧克力。總而言之，就當作我們這些公司後輩送給傳說學長的禮物吧，畢竟如果沒有學長，說不定我現在也辭職了。」

「……那麼我就不客氣收下了。」

「好唷好唷，如果下次團購缺人會再來敲學長的門。」

露出微笑的倚藍學妹捧起另外兩盒的蛋糕捲離開房間。

當門板闔起的瞬間，平時那種獨自一人的氣氛紛紛從床底、門縫與窗軌滲入，眨眼間就充滿整個空間，彷彿方才的所有事情都只是幻覺。

我有些困惑地坐在床沿，捏著透明的小叉子將蛋糕捲切成方形小塊，按照固定節奏依序放入口中，直到空空如也才走到廚房將沾著巧克力奶油的塑膠盤子扔進垃圾桶。

緊接著，某種奇妙的情緒遲來地開始膨脹，眨眼間就充斥胸膛。

雖然是並非本意的無心舉動，然而有人因為我的辭職而心懷感謝，儘管什麼事情都依然沒有改變，我卻因此得到莫大鼓舞。

「——看來我也真是單純。」

我盯著歪歪躺在垃圾桶的塑膠盤子，彷彿要嘔出內臟器官似的深深嘆息。

這麼做之後並沒有改善內心複雜難解的情緒，只好大步離開租屋處。

夏末夜晚的氣溫雖然逐漸涼爽，我卻因為內心彷彿剛跑完全程馬拉松的情緒起伏而感到燥熱難耐，目標頓時成為尋找有冷氣又能夠打發時間的場所。

使用簡單的刪去法，那個場所很快就定位為便利商店。話雖如此，最靠近的便利商店正是自己打工的職場，如果遇見同事或店長光是打招呼就很麻煩了，權衡之下只好徒步前往數百公尺外的第二家便利商店。

夏日夜晚的氣溫較白天涼爽不少。

聒噪不已的蟬鳴也在不知不覺間變成輕柔的蟲鳴，正適合散步。

我走在鋪設著地磚的人行道。或許是製作時摻了石英的緣故，隨著身體左右晃動會發現地磚折射出微弱的光芒。閃閃發光。

十多分鐘後，我總算抵達那間位於住宅大樓一樓的便利商店。

自動門旁邊除了傘架還擺了兩台扭蛋機。

扭一次需要60元，令我不禁佩服竟然有人願意將寶貴的金錢浪費在不能吃的公仔上面。雖然我個人也會購買漫畫、小說和遊戲光碟，然而那些娛樂品至少都能夠帶來一個小時到一百多小時的樂趣，公仔卻只是擺著積灰塵。

等待自動門開啟的瞬間，我故作隨意地瞥了一眼。上層的扭蛋公仔是一隻齜牙咧嘴的鯊魚，擺出各種不同姿勢卻都無一例外顯得相當兇惡。難道最近的國高中生都喜歡那種看起來很殘暴的生物嗎？

我感慨地踏入左右滑開的自動門，感受冷氣帶著沁涼滲入皮膚內側，不由自主地縮起肩膀。雖然打從一開始就不打算消費，我仍舊優哉游哉地在店內徘徊，拿起每一個商品仔細端詳製造產地和營養標示。

雖然有點擔心店員會不會以為我是偷竊的慣犯，不過往櫃檯瞥了眼卻看見紮著馬尾的店員小妹蹲在死角偷偷使用手機，似乎對於店內的情況毫不關心。直到我幾乎將每樣商品都拿過一輪才信步走到果乾、下酒菜的區域拿了作為消夜的零嘴前往櫃檯結帳。

踏出自動門的時候我再度瞥了那台扭蛋機一眼。

這次我看清楚那隻鯊魚的正式名稱叫作「害羞鯊」。明明完全沒有臉紅的要素卻以害羞為名，這點也令人相當在意……難不成是在大口吞掉獵物之前會露出羞答答的表情嗎？那樣也有另外一層意義的恐怖感就是了。

我將塑膠袋放在壓克力桌面，坐在店外附設的桌椅。

眼前是車水馬龍的街道，亮晃晃的車燈不時呼嘯而過。

——聽說，明天地球會毀滅。

這句話無預警地再度掠過腦海。

彷彿某種靈光一閃，我總算釐清內心從昨天深夜持續到方才的情緒。

倘若地球確實在今晚毀滅了，我會感到遺憾，因為世界上還有許多事情尚未嘗試，既然如此，為何我依然每天待在宿舍無所事事，利用遊戲、漫畫和部落格打發時間？

環所空缺的另一端總算再度扣起，將所有看似毫無關係的元素互相串聯。

我喜歡畫圖，但是我知道要成為獨當一面的畫家、繪師相當困難，所以退而求其次，就讀相較之下容易就業的設計相關科系，畢業後進入廣告業界知名的大公司。

這是十年前的我的期許。

此刻，我站在十年後的未來，轉頭回顧這個期許，卻只有滿腹的擔憂。

如果當初的人生規劃有所錯誤該怎麼辦？

現在應該是最後的挽回時機，然而我又該怎麼做？

學生身分的我知道只需要熟讀課本，考出滿分即可。

成為社會人的我卻澈底迷失方向，即使熟記職場工作守則也無法得到好評，追根究柢，我連自己究竟追求著怎麼樣的未來都不清楚。年少時所構築的未來藍圖太過膚淺、單薄，甚至連上司的一頓謾罵都無法承受，簡單地就分崩離析，變成埋沒在房間內各種雜物下方的透明碎片。

這個時候，口袋猛然傳來震動，嚇了一跳的我趕忙取出手機，發現螢幕角落的電量只剩下5%，開始閃爍表示危險的紅光。

我單手滑出聊天的介面。

這次有一個不錯的題材，不必費心考慮開場白。我一邊懊悔剛才沒有拍照一邊打出文字：「學妹，妳知道一隻叫做害羞鯊的鯊魚嗎？」

「那個在狂熱粉絲間挺有名的喔。」

倚藍如此回應，接著附上一個害羞鯊比出大拇指的貼圖。

沒想到竟然連貼圖也有，看來我太過小瞧那隻鯊魚了。默默地和螢幕當中的害羞鯊大眼瞪小眼，數秒後，我將唸出來的內容打成文字，感受著奇妙的高昂情緒。

「——對了，學妹，告訴妳一聲，聽說今天晚上是世界末日，明天醒來的時候地球就已經毀滅了。春宵苦短，盡情戀愛吧少女！」

倚藍學妹立刻就已讀了。

「那算什麼？真搞笑。」

「字面上的意思喔。」

回覆完之後，我將手機放回口袋，用力伸展手腳。

半透明的雲層零散飄在稀薄的夜空，邊緣泛著銀光。

當我回到租屋處的時候，隔壁房間的窗戶一片漆黑，門縫也沒有透光。或許倚藍學妹得知今天是地球毀滅的日子，強拉著男朋友跑遍整座城市製造回憶了。

她的確很有可能做出這種事情。

我思考著倚藍學妹會前往城市最高的建築物頂樓享用燭光消夜，還是到海邊依偎著男朋友的肩膀款款絮語。無論何者，都會令此刻孤單一人的自己顯得更加淒涼。

姑且先將房間內的電器用品都全部打開，多少營造出明朗的氣氛，我將塑膠袋扔到電腦桌，咬著硬到幾乎嚼不斷的魷魚絲，豎起枕頭靠著床頭櫃，打開那款投擲兵力的手機遊戲。經過這段時間，體力已經完全恢復了。

六枚刻有橄欖葉的軍牌閃爍著白光。

我緩緩吐息，點開單人冒險模式的最新關卡。

右手是大砲的BOSS咧嘴露出不屑的笑容，重複著高舉大砲的動作挑釁。

我的兵力相當孱弱，唯一的王牌是被網友戲稱為「垃圾槍」的三星角色，貿然進攻的結果即是全軍覆沒，這點已經在不久前得到證實了，儘管如此，倘若我想要繼續遊戲就不能原地停滯，而是必須持續進攻，直到擊敗BOSS為止。

第一次的進攻以失敗告終。

第二次的進攻以失敗告終。

第三次的進攻以失敗告終。

第四次的進攻以失敗告終。

第五次的進攻以失敗告終。

閃爍白光的橄欖葉軍牌只剩下最後一枚。

當然，這個終究是遊戲，一個小時後六枚軍牌將再次亮起，然而我依然將此當作最後一次的進攻，謹慎調整投擲的角度和力道，仔細歸納先前失敗的原因，在避免重蹈覆轍的情況下嘗試新的進攻方式。

在二等兵干擾敵方攻勢的時候，持著長槍的三星角色正好落在大砲BOSS的後方格子。我反射性地點擊施放絕招的按鈕，眨眼間就削掉一半血條。

大砲BOSS發怒地接連發射攻擊，一招就令一名二等兵直接退場，然而礙於角度問題，始終打不到三星角色。這段時間一過，三星角色已經用普通攻擊削掉剩下的一半血條。

大砲BOSS頹然倒地。

遊戲逕自移動到結算成績的畫面。

我愣愣地凝視「戰略性勝利」的A評價，片刻才理解究竟發生了什麼事情。

——獲勝了。

儘管是破破爛爛的殘血獲勝，然而最弱的三星角色依然戰勝了BOSS。

某種廉價卻真實的成就感塞滿內心，總覺得這件事情比起當初得知自己考上第一學府的時候更加開心。至少當時我可沒有擺出勝利姿勢在房間繞圈打轉。

直到稍微冷靜之後，我移動到電腦桌，打開部落格的管理後臺準備開始撰寫今天的文章，同時暗自決定如果明天醒來之後地球沒有毀滅，那麼就再努力一次看看吧。

無論有沒有被錄取，至少這次要好好地發出聲音，畢竟比較起來，我其實還是喜歡螞蟻的生活多過於蟋蟀，至於更遙遠之後的煩惱就等到非面對不可的時候再去思考吧。

4. 誤食毒蘋果的單親父親的情況

離開公司的時候，低頭走出半掩鐵捲門的我忽然發現有個身穿套裝的身影擋在人行道，急忙側著身子才不至於撞上。

擦身而過時瞥了抬頭凝視夜空的那名小姐，我隨即注意到她是樓下公司的員工。雖然彼此互不認識，然而中午的休息時間偶爾會一起搭乘電梯。

趁著對方尚未注意到自己，我加快腳步混入街道的人群當中。

走了好一段距離，轉頭卻依然可以看見她依舊維持著抬頭仰望夜空的姿勢，有種獨立於塵世的奇特氣氛，接著頓時覺得自己也老大不小了，竟然還會出現這種想法。

時值深夜，街道仍舊人聲杳雜，除了眾多剛離開公司的上班族，也可以見到不少嘻笑打鬧的學生。這個區域只要徒步十分鐘就能夠抵達四家百貨公司和呈現十字的繁華地下街，此外也有許多徹夜營業的ＫＴＶ、酒吧、速食店和只在深夜營業的私人餐酒館，不如說，越晚人潮反而更加絡繹不絕。

公司原本位於城鎮郊區。畢竟從事廣告業務而非販售商品，設址位置只是次要，然而十多年前老闆請了一位相當知名的風水師估算公司未來之後，堅持要遷往現在這個位置。當時為了這項計畫，我也曾經被老闆徵詢過意見。最後雖然超過八成的幹部都反對，老闆仍舊一意孤行地執行，然而或許是某種因緣巧合，遷址之後公司的業務就蒸蒸日上，現在也算是業界知名的大公司了。

儘管精神相當疲憊，然而我壓根沒有回家的念頭，拐入巷弄脫離人潮，信步走向位於盡頭的一家小酒館。晦暗的小立牌安靜佇立在店門口。

掀開赭紅色的門簾，我踏入播放著日本演歌的狹窄居酒屋。

腦袋綁著白毛巾的老闆低聲嘟囔著「歡迎光臨」，抬起下巴示意我坐到吧檯最角落的空位。

我先向老闆點了一杯啤酒和數樣小菜，隨即拿出手機平放在擦得反光的吧檯，用捲成圓筒狀的濕毛巾擦拭雙手。這間居酒屋雖然料理的水平普普通通，然而其他部分都是滿意到無法挑剔的程度。

這個時候，兩位略施胭脂的ＯＬ走進店內，正巧坐在我旁邊。從不經意傳入耳中的談話內容判斷，她們應該是大學同學的關係，趁著明天的兩日休假準備到附近景點來一趟小旅行。

我開始回想自己最後一次旅行是什麼時候，然而記憶卻停在女兒國小六年級因為發燒沒去成畢業旅行極為失落，所以向公司請了三天假期，帶著妻子和女兒到老家的海邊度假。

女兒雖然一路上都悶悶地不肯說話，不過在看到海的時候就像忘掉所有煩惱似的，笑得相當開心。那個表情我至今仍然深記於心。

這個時候老闆接連遞上辣毛豆、燉牛筋和自製泡菜等小菜。

我拿起前端極細的筷子，挾起一片自製泡菜喀擦喀擦地咬著。別的料理暫且不提，自製泡菜確實堪稱絕品，畢竟老闆曾經在韓國一家數十年歷史的老店拜師學藝，得到認可之後才開始經營這家居酒屋。

向老闆追加作為主菜的小份烤牛肉蓋飯之後，我用手機瀏覽論壇，隨意地掃示標題，然而畢竟是以年輕人作為主要用戶的網站，大多是我很不熟悉的用語和主題。

當初妻子興致勃勃地替我申請了帳號，也讓我首次知道何謂「論壇」。儘管幾乎不曾留下回應，然而流覽論壇已經變成每天的例行公事，畢竟隨著年紀增長，光是能夠接觸平時絕對不會看見的話題就是相當難得的體驗了。

韓國少女團體的秘辛；即將在一年後上映的電影版動畫；某國立大學的宿舍鬼故事；舉辦大胃王比賽的早餐店；吉祥物的真面目照片；連續劇演員意外身亡的消息，無數的內容令人眼花撩亂，接著，我忽然被一則最新跳出的討論串標題奪去視線。

「——聽說，明天地球會毀滅。」

發言的帳號名稱是See3823798。我試了好幾個按鍵，總算點開她的「所有貼文」頁面，然而打從半年前註冊之後都沒有任何貼文，第一則就是今天這則。換句話說，除了焦糖烤布蕾的大頭貼之外就不曉得其他的個人資訊了。

以現代的標準而言，算是相當嚴謹的人。

我凝視著那張焦糖烤布蕾的照片，總覺得有哪裡不對勁，放大之後才看見綁在玻璃瓶的緞帶寫著燙金的店名。

——Fourmis。

沒有想到會在這裡看見那個店名，我一瞬間還以為自己看錯了。

檢視了照片數十秒，當我回到討論串的頁面時訝異發現已經有其他網友對此發表回應。帳號名稱「蟋蟀」的網友留言：「這樣的世界毀滅了或許也不錯。」

看著那則憤世忌俗的回應，我忍不住湧現一股想要駁斥的念頭，儘管如此，我很不擅長和網友互相爭吵，思考片刻之後只能鍵出這樣的內容。

——如果明天真的是世界末日，我想應該會找女兒吃頓飯吧。

送出這則訊息之後，心情莫名地感到暢快。

或許這件事情可以成為和女兒說話的契機。腦海浮現這個念頭的時候堆積在內心的煩惱似乎瞬間一掃而空，我將酒杯中的琥珀色液體一飲而盡，拿起帳單走到店門旁邊的收銀機結帳。

踏出居酒屋的時候，一陣涼風從緊貼著地面的位置吹過。

我暗自下定決心，乾脆抱持死馬當活馬醫的心情當作明天地球真的會毀滅，等到女兒放學之後約她一起吃頓飯吧。

✣

不曉得曾經在哪裡的文章見過，所謂的夫妻必須維持一致的步調才能夠保持良好的婚姻關係。價值觀、習慣、生活作息、工作的進展和升遷、興趣的培養，無論前進或後退都得保持相同的步調，如此一來才能夠維繫關係。

倘若某一方忽然出現劇烈變化，讓伴侶無法追上，那麼結果將只有兩種。

不是跑在前面的人果斷鬆手，就是追在後面的人放棄追逐。

妻子在遠離鬧區的住宅區經營一家蛋糕店。

從國中就開始在麵包店打工磨練的手藝確實相當高超，然而剛開始的時候生意相當慘澹，甚至赤字連連，好幾次都面臨要撐下去還是結束營業的局面。

當時我也有一筆小積蓄，原本打算當作女兒的大學基金，不過面對那種情況自然是義不容辭地拿出來延續妻子的夢想。其後經過數年的經營，隨著工作逐漸上了軌道，開始有客人特地從外地前來購買，也有知名的部落客在網站撰寫誇獎、推薦的文章。

不知不覺間，妻子所寫的蛋糕食譜書籍出版，接受雜誌的專訪，受邀美食節目談論製作甜點的訣竅，然而我依然待在同一家公司，每天處理和十年前並無二致的業務。

彷彿妻子每天都在朝向更加光輝、更加璀璨的目標邁進，我卻在原地踏步。

誠實而言，那時的自己隨時都被即將被拋棄的恐懼感所環繞。

因此當我湊巧發現妻子的通訊軟體內有超過百則和其他男性的聊天記錄時，克制住理性的最後剎車頓時失靈，最終以結果而言，我外遇了。

對象是一位大學畢業不久的女孩。

她總是明朗自信、落落大方並且有著堅忍不移的信念。

我們相遇的契機是業務關係。她以代表的身分前來委託替戰亂地區的孩童募集捐款的海報，由於對方是跨國的大型非政府組織，老闆特地邀請對方一起用餐，卻偏偏在當天傍晚出了場小車禍，只好由我頂替參加飯局。

我必須承認，當我第一眼看見女孩的時候便深深受到吸引。那種感覺並非戀愛情緒，而是一種對於比自己年輕十多歲的孩子竟然從事於幫助他國難民職業的尊敬。

飯局之後，我禮貌性地表示下次有機會能夠再次聚餐，沒想到女孩露出發自真心的笑容，迅速就約定了下次吃飯的時間，於是我們開始頻繁地聚會，聊天的內容也從雙方的工作、職場人際關係逐漸延展到更加私人的話題。

率先揭穿那層若有似無的曖昧的人是我，理所當然的，女孩對於我的追求感到躊躇，也曾經嚴肅地拒絕邀約，然而最終卻也同意了這段關係。

必須承認，交往的那段時光相當完美。

儘管如此，明明展開追求的人是我，率先放棄的人卻也是我。

如同拉緊的弦總會崩斷，持續注入水的杯子總會溢出，在某個平凡無奇的深夜，我向妻子坦承一切，承受她的責罵與怨懟，隔天發了一則「我們不要再見面了」的訊息給女孩，然後將關於她的聯絡方式全數刪除。

我懇求妻子的原諒，發誓願意用盡所有的時間和方式彌補，儘管如此，心念已決的妻子卻只是無言在早就準備好的空白離婚協議書上面簽署名字。

於是經過和平卻迅速的協商，我們離婚了。

那個時候女兒才剛升上國中。

從那之後女兒對我的觀感就一落千丈，甚至長達半年的時間都不肯和我說話，連待在同一個房間也不願意。雖然這是理所當然的反應，我卻深深受到傷害，同時理解到自己的所作所為究竟有多麼卑劣，即使花費一生的時間或許也不足以彌補。

✣

無論前一天多晚睡都可以在六點鐘準時醒來，這個不曉得該說是某種特技或是已經是刻在身體深處的習慣。

我起身坐在床沿深呼吸數次，走到浴室刷牙洗臉。

根據當初的協議，我們賣掉尚未繳清房貸的屋子，將全數金額作為贍養費交給前妻，我則是待在公司附近的2LDK的公寓賃屋居住，再次回到每個月必須繳納房租的生活。

儘管如此，女兒依然選擇跟著我而非前妻。

即使想破腦袋，我也不明白她這麼做的理由，最後只能夠認為這是女兒的報復——為了指謫我背叛了家庭才選擇和我一起居住，盡可能出現在面前好提醒我曾經犯下的錯誤，否則按照常理推想，肯定會選擇和前妻一起居住吧。

此刻女兒應該還在睡覺，我放輕腳步穿越客廳，先是到窗邊的熱水壺沖泡一杯即溶咖啡之後走到廚房打開冰箱，拿出兩片土司，沒有解凍就直接配著咖啡啃著吃。

從這個位置可以將客廳盡收眼底，深藍色的L型布沙發、胡桃木咖啡桌、陽台旁邊的塑膠植物盆栽、米色窗紗、42吋液晶電視以及放滿電影光碟與藍光家庭劇院音響組的電視櫃。除此之外，壓克力桌面的邊桌也零散放著幾本影評雜誌。

看電影是我從小的興趣，大學時期也都加入了電影研究社，然而前妻卻對此興致缺缺，大概是偶爾發現電視、報紙都在廣告某部熱門電影的時候才會想要上電影院的程度。

當初剛買下郊區獨棟房子的時候，前妻興致勃勃地一手包辦所有作業，設計出即使登上雜誌也不顯突兀的裝潢。對此，我在敬佩藝術天賦的同時，也隱約埋怨她將珍藏的數百片電影光碟全部收到書房的置物架深處。

離婚之後的唯一好處，大概只有能夠自由布置客廳這一點吧？

遠遠望著電視櫃，即使瞇起眼睛也看不清楚盒背的電影名稱。這個時候我總算將吐司全部吞進喉嚨，洗完咖啡杯之後習慣性地再次打開冰箱確認庫存，暗自列出下班途中要繞到超市買的購物清單。

——然而如果今晚地球毀滅了，也不必進行日常採購了。

我隨即因為自己竟然會浮現這個念頭而苦笑，接著想起自己似乎許久不曾替女兒準備早餐了。

當初尚未離婚的時候，我和妻子之間有個不成文的默契——假日的早晨我必須在兩人醒來前準備好早餐。最初的時候單純只是想要討妻子開心，明明連打蛋的方法都不曉得卻挺起胸膛一口允諾。

一開始的成果自然是慘不忍睹，妻子搖頭苦笑，女兒更是直接嘟嘴將盤子推開，然而隨著練習逐漸變得熟練，甚至主動到圖書館借了食譜嘗試班尼迪克蛋、玉米窩窩頭和烘烤鹹派這些複雜的料理。

那個時候，光是看著她們因為早餐而露出的幸福就是最大的滿足了。

心念至此，我抬頭瞥了眼掛在電視機上方的時鐘，立刻打開冰箱門迅速掃視剩餘的食材，立刻就定下炒蛋、烤吐司和沙拉的菜色。

許久不曾進行料理，總覺得手藝有些生疏，甚至不小心讓一小片蛋殼掉進平底鍋，用筷子尖端勾了好幾次才勾出來。其後為了讓擺盤更加精美，我退到遠處，左右端詳三樣料理的相對位置，再次回神的時候驚覺已經是瀕臨遲邊緣的時間了，趕忙在盤子邊緣擠好番茄醬作為最後點綴，大步跑進房間換上西裝，抓起公事包離開公寓。

平時我會搭乘公車通勤，不過今天只好招了一輛計程車，麻煩司機盡快開往公司。

視線比平時矮了許多，連帶令街景變得陌生。

前方有台機車為了搶黃燈而加速從車縫穿越，頓時引來一陣鳴按喇叭。

擋風玻璃外是一片晴朗無雲的湛藍天空，夏色明媚，然而當我想要細看的時候，司機隨即拐入路旁僅供一車通行的狹窄巷弄。我躺回座椅，想著這個時候女兒應該已經起床了。

不曉得當她看見早餐時候會是什麼樣的表情？

接著會默默吃掉呢？還是選擇無視？總該不至於直接倒進廚餘桶吧？

「——停在前面的轉角可以嗎？」

司機的詢問讓我猛然回神，急忙拿出錢包準備支付車資。

下車後，我加快腳步經過公車候車亭和一整排的租借腳踏車，準備進入一樓大聽的時候正巧看見樓下公司的那位ＯＬ。她眉頭深鎖，看起來像是正在掙扎是否要翹班的模樣。

這個時候我忽然察覺已經很久沒有湧現「不想去上班」或是「今天好想翹班」的念頭了。打從結婚之後，工作就變成必須履行的義務，無論發生什麼事情都不會浮現「翹班」、「裝病」或「辭職」的念頭，畢竟天秤的另一端可是放著「為了養家餬口的薪水」，不可能有其他事物勝過這個重量。

搖頭扯起嘴角，我快步走進即將關起的電梯，總算趕在遲到的前一秒順利打卡，努力平緩急促的呼吸走回自己的辦公桌。

迅速滾動滑鼠滾輪流覽資料內容，我不時將視線投向放在鍵盤旁邊的手機，緩慢篩選今天晚上與女兒吃飯的餐廳。

原本打算選擇法國或義大利餐廳，然而考慮到高中生應該不會喜歡那種太過精緻的料理，況且我記得女兒特別喜歡吃肉，於是以燒烤店為中心搜索，沒想到連續打了五家都客滿。逐漸感到不妙的我只好麻煩下屬透過各種管道，好不容易才預約到一家高級燒烤店。

雖然解決了餐廳問題，然而握住手機的指節都發白了，我依然不敢向女兒傳出一個「今晚要一起吃燒肉嗎？」的簡單訊息。

結果直到午休時間結束，我依然尚未寄出邀約。

與女兒的最後一則聊天記錄是在十一天前，我詢問「最近有什麼想吃的水果？」，她以「隨便」作為回覆，然後我的雙手豎起拇指貼圖的左下角隨即顯示已讀。

聊天結束。

好不容易在午後的休息時間鼓起勇氣按下發送按鍵，之後卻又是另一番掙扎的開始，腦海不時閃過各種被拒絕的台詞，仔細想想，打從離婚之後我就不曾和女兒單獨吃飯，睽違五年突然收到這種邀請，應該只會覺得困擾吧？

在我開始搜尋如何刪除已經發出的訊息時，手機猛然傳來震動。

戒慎恐懼的我用顫抖的手指解鎖螢幕，看見女兒傳來「我會去」的回應之後忽然覺得即使今晚地球真的會毀滅也無所謂了，接著注意到旁邊同事露出的詫異表情，我趕忙收斂傻笑，端正神色。

最大的難關解決了，然而內心的躁動情緒卻沒有得到平復，反而隨著時間推進而更加激烈，腦海更是不時浮現樓下旅遊公司那位ＯＬ今早的表情。

反正繼續待在座位也只是徒然浪費時間，不如順從衝動久違地翹班一次吧？

——畢竟是地球毀滅的日子。

那則討論串的標題成為推動雙腿站起身子的關鍵。

回過神來，自己已經站在老闆的辦公室門前，用指節敲著門板了。

這個時候已經無法回頭了，我在聽到「進來」的時候拉開門把，繃緊全身肌肉走到老闆面前支支吾吾地說著彆扭的裝病藉口，沒想到卻迅速得到准假，甚至得到關心的詢問。

低頭走回辦公桌收拾物品，我苦笑著敷衍掉同事們的搭話，快步離開公司，直到電梯門關啟的瞬間才猛然察覺眼前的模糊倒影正在微笑。密閉空間內飄盪著淡淡的香水味。隨著身體逐漸下降的失重感，我想起剛才糾結於邀請女兒一起吃晚餐的訊息導致整個午餐時間滴水未沾，飢餓感頓時充滿身體每個角落。

我加快腳步走到站牌，搭乘公車前往城鎮的鬧區。由於隔壁街區是數十棟進駐著科技公司的商業大樓，此刻的街道依然充滿三五成群、剛用完午餐準備走回公司的上班族。

努力逆流穿越人潮，我走上鋪設著石板的坡道。

我很喜歡這條兩側人行道栽種著整排小葉欖仁的坡道，盛夏的陽光穿過葉縫的時候碎成無數光點，斑斕地灑落在陰影處，有時候光是佇足注視著那些光點就能夠度過一個滿足的午後時光。

仔細想想，我已經有很久不曾在這個時間悠哉散步了。

雖然想要多享受這份悠閒一段時間，然而剛爬完坡道的膝蓋開始發出不詳聲響，我只好邁起未完的步伐，推開印著「暖日和」店名的玻璃門，在清脆鈴聲中踏入店內準備稍作歇息。

咖啡店的生意門可羅雀，這點也正合我意。

店主似乎打算營造古色古香的懷舊氣氛，然而在深褐色為主色調的裝潢當中增加赭紅色的照明只會令人感受到莫大的壓迫感，唯有絲絨坐墊相當柔軟。這點應該是該店少數的優點。

我選擇坐在靠著落地窗的座位，這個位置正好能夠看見對面街道的那家蛋糕店。

前妻經營的蛋糕店。

這個時候身穿女僕長裙的服務生小姐總算注意到我，有些慌張地從櫃檯內側走出來，從腰側的小口袋抽出筆記本。

「請、請問您決定好餐點了嗎？」

「一杯黑咖啡，少糖去冰，謝謝。」

「好的，為您重複一次餐點，黑咖啡，少糖去冰，請問沒錯嗎？」

「嗯。」

服務生小姐躬身行禮，返回櫃檯後很快就端上了冰咖啡。

我先喝了一小口咖啡潤喉，再次將視線轉到那間從燈光、招牌設計到店內路線規劃都親自操刀，所有細節都不肯妥協的店鋪。

我和前妻是高中同學，交往期間，已經聽過不下數百次關於「理想中店面」的話題，除此之外對於關店的時間，前妻也有一套獨自的原則——只要當天製作的麵包蛋糕全數售完就關店，否則就直接開到超過半夜十二點再自己吃掉。

剛開店的那段時間，基本上妻子每天都得待到十二點才能夠回家，然而現在大多在傍晚就會結束營業，倘若是周末，有時候甚至在午後兩點就能夠在門口掛上「CLOSED」的木頭吊牌了。

今天也是如此，玻璃門的把手已經掛上木頭吊牌了。

在我以為前妻已經離開的瞬間，牆邊的側門猛然開啟，依然戴著紅色三角巾的前妻拿著掃把和畚箕，不疾不徐地打掃著柏油路，連矮樹叢底部和路燈後方的縫隙都沒有放過，仔細地打掃每一個角落。

這麼說起來，當初高中在打掃校園的時候，她也總是拖到最後一個才進教室。

我帶著百般懷念的情緒回想關於高中時期的片段記憶，然而它們總是在深思之前就再度沉澱回到難以觸及的深處，徒留無法捉摸的繾綣遺憾。

結束打理的前妻心滿意足地環顧四周，提著掃帚和畚箕返回店內。片刻，披上一件薄外套的前妻揹著米黃色的側肩提袋，鎖上店門之後才垮下肩膀，拖著腳離開。

儘管知道咖啡店的玻璃是單向可視，我仍然下意識地舉起左手作為遮擋，垂眼緊盯著只剩下冰塊的咖啡杯，許久之後才再次抬頭。視野果然看不見走向公車站牌的前妻的背影了。

我緊張地吐息，忽然間意識到店內的空氣相當燥熱，俯身用力吸著只剩下冰水的咖啡發出倏倏倏的聲音。

距離飯局還有好一段時間，偏偏昨天忘記充電的手機電量已經低於15％，為了避免等會兒無法聯絡上女兒的情況也只能放棄流覽論壇這個最佳打發時間的手段。

左顧右盼的我忽然注意到店內深處拐入廁所的轉角有一個矮櫃，上頭放著數本陳舊的書籍。我起身走上前，暗忖剩下的時間用來看完一本書差不多。

我用指尖一一推開書背掃視書名，大多是歷史、財經的艱澀內容，而放在最後一本的書籍尺寸特大，封面畫著身穿黃色長裙的公主。

「白雪公主。」

我緩緩地唸出書名，拿起繪本。

女兒小時候最喜歡的童話故事正是白雪公主，睡前總愛央求我講一遍這個故事，所有的劇情都瞭然於心，然而當我能夠只看著插畫就流暢說出故事情節的時候，女兒也過了睡前聽童話故事的年紀了。

懷念地將繪本拿到座位，我微笑著翻閱。

半溶化冰塊的凹陷處積著米色的小水池，在燈光的照映下閃閃發亮。

這本繪本與小時候買給女兒的那本並不相同，情節也有細微差異。當然，在受到繼母虐待、樵夫好心地放過白雪公主、在森林深處與七位小矮人共同生活這些重要劇情都相同，然而在關於咬下毒蘋果而沉睡的白雪公主如何醒來這點卻大相逕庭。

以前唸給女兒聽的那本是由於王子的吻，然而這本卻寫著王子和七位小矮人在搬運白雪公主的時候絆倒了，卡在喉嚨的毒蘋果咳了出來而令白雪公主因此甦醒。

我凝視那張紫色蘋果呈現拋物線飛出、王子與小矮人們露出訝異的表情而白雪公主摀住嘴唇的插圖，久久無法轉移視線。

直到天色轉為橘紅，我才將繪本歸位，離開咖啡店沿著通往鬧區的坡道前往燒肉店。

由於店家的招牌相當隱晦的緣故，我在同個街區稍微繞了好一陣子才發現，接著到店內向店員確認有成功訂位後坐在門口的涼椅等待女兒的到來。

雖然夕陽偏西，然而氣溫仍然相當悶熱。我脫掉西裝外套，疊整齊之後放在手邊，解開襯衫第一顆鈕扣，放遠視線可以發現剛放學的學生們成為主體，以高昂的情緒與彷彿不會停歇的活力宣示存在。

雖然是相同的一座城市，然而此刻的街景與午後截然不同。

呆愣注視著彷彿要吞沒整個世界的鮮豔各色制服，接著我猛然注意到女兒正在對側街道等待交通號誌轉變。

這種時候無論看著秀湘等到她走過來或是掌握舉手打招呼的時機都顯得彆扭，我只好假裝沒有發現，繼續盯著皮鞋尖端的地磚縫隙發呆。

數十秒後，有個影子遮擋住路燈。

「喲。」

繃緊臉蛋的秀湘站在我面前，低聲開口。

斜掛在腰側的書包背帶吊著一隻齜牙咧嘴的鯊魚公仔。我知道那是秀湘很喜歡的角色，記得叫作「害羞的鯊魚」，去年生日的時候我打算送一隻填充布偶當作禮物，跑遍整座城市卻完全找不到害羞的鯊魚的周邊產品，只好聊勝於無地買了一隻鯊魚造型的布偶代替。

「喲。」

我也回以同樣的招呼語，努力擠出笑臉放鬆氣氛。

「就是這家店嗎？幾點可以進去？」

「還要十分鐘左右吧。」

可惜秀湘完全無視於我的表情，逕自側身端詳店家的外部裝潢，好半晌才繃著臉問：「為什麼這麼突然？」

「什麼意思？」

「別裝傻了，你從來沒有用過那種理由找我吃飯吧。」

被立刻識破的我不免感到一陣羞愧。

從以前開始我就很不擅長說謊。當初外遇的時候也是，明明還能夠隱瞞，然而妻子只是冷靜地逼問一句就讓我將所有的事情據實以告了。

此刻頂著秀湘和前妻極為相似的眼神，我重重嘆息，有些自暴自棄地坦白：

「因為，聽說……今天地球會毀滅，所以想說和妳一起吃頓飯。」

原本以為秀湘會露出不屑的鄙視表情，或者反問「你在說什麼蠢話」，不料她卻只是瞠目結舌地微微張著嘴，宛如生吞了一整顆檸檬，好半晌都沒有說話。

果然該事先擬個更恰當的理由。

我不禁感到後悔，戒慎恐懼地等待秀湘的回答。

「算了，反正有人請吃高級料理也是好事，不過我等會兒還有約，大概一個小時就要先離開了。走吧，看起來可以進去了。」

秀湘邊說邊邁出腳步，推開厚重的酒紅色大門。

雖然一瞬間想要詢問女兒這麼晚了有什麼行程，然而如果因此惹得她不開心就本末倒置了。我決定暫時保持沉默，至少等到吃甜點的時候再問。

餐廳特地將一樓挑高，大概想要營造出位於城堡的氣氛，牆壁也刻意製造出石磚的材質光澤。只有垂吊在天花板的大型吊燈和鑲嵌在每張桌子邊緣的燈泡發出晦暗的光芒。

店員以相當快的速度端上灑滿起司的沙拉和石鍋拌飯。

我搶先拿起夾子，迅速攪拌沙拉之後均勻盛了一盤向前遞出。

「謝謝。」

秀湘接過盤子，卻只是用筷子尖端戳著切成方形的硬麵包塊。

我也替自己盛了一盤。調味卻比想像中清淡，基本上只能咬到青翠卻沒有味道的生菜，好不容易配著熱茶才嚥下去。再度盛了一盤，我謹慎地問：「妳……最近有去找她嗎？」

根據當初的條件，只要秀湘願意隨時可以去見前妻，寒暑假的時候也會到前妻那邊住上一段時間。兩人的感情應該算是相當不錯。

「偶爾會去店裡吃蛋糕。」

秀湘微微鼓起臉頰這麼回答，繼續用筷子戳著硬麵包塊。

在很多方面，秀湘和前妻變得越來越像。

有時候我甚至會錯以為眼前的人正是前妻，因此湧現罪惡感與歉意，即使凝神確定她是女兒的時候依然揮之不去。

只挑出起司和剖半小番茄吃的秀湘將都是生菜的盤子推到桌緣，靠著椅背開始玩手機，片刻忽然噗哧一笑，強忍笑意地不停抖動肩膀。

我疑惑地呆愣當場，好半晌才小心翼翼地詢問：「怎、怎麼了嗎？」

秀湘反轉手機，將之放在掌心遞到我面前。

「這個是你吧。」

由於太過突然令我第一時間並未理解究竟發生了什麼事情，直到認清楚手機螢幕顯示著熟悉的論壇頁面才猛然心臟一揪，接著看下去正是那個以「聽說，明天地球會毀滅」為標題的討論串，而我以「灰色大熊」為帳號名稱發表的回應也一字不漏地映入眼簾。

「——如果明天真的是世界末日，我想應該會找女兒吃頓飯吧。」

沒想過秀湘竟然會去搜尋那個網站，甚至精準地找到那則討論串。

脊背湧現生平首次感受到的麻癢，我甚至無法分辨那是什麼情緒，啞口無言地凝視手機螢幕。儘管如此，秀湘卻一副這個話題已經結束的模樣，低呼一句「喔！有鍋巴耶！」之後用叉子撐住鍋底，高興地使勁用湯匙攪拌韓式鐵鍋的邊緣。

好半晌，我才愣愣地問：「妳……也有在那個論壇註冊嗎？」

「怎麼可能，我今天第一次知道這個論壇。」秀湘說完，聳肩補充：「回應的人當中有一個帳號叫作『蝙蝠』對吧，他是我的同……朋友。」

「那個罵人的人嗎？」

「嗯，大概吧。」秀湘將最後一個黏在邊緣的鍋巴翹下來，露出滿意的表情。

「……大概是什麼意思？」

「利用刪除法啦，畢竟他平時也一副憤世忌俗的模樣。」

聽著女兒用熟稔的態度談論其他男生的事情，總覺得內心難以釋懷。

話說回來，打從就坐的時候我就注意到女兒制服胸口繡著的姓名是「林家軒」這個很明顯是男性的名字。難道那位叫作「蝙蝠」的朋友就是林家軒嗎？他和秀湘是什麼關係？為什麼女兒會穿著他的制服？最近的高中課程有可能會發生不小心穿錯其他人的制服這種情況嗎？游泳課嗎？

然而在我追問之前，時機相當不湊巧，服務生笑盈盈地端著主餐的肉盤上桌。

我拿起鐵夾，迅速將數枚松板豬肉片放到烤網。

見狀，秀湘不悅地說「店員剛才說那些比較貴的會幫忙烤，而且一次這麼多還沒吃完就冷掉了，為什麼不要慢慢烤？」

我立刻停下動作，有些不知所措地將鐵夾放到桌面。

秀湘吊起眼睛瞥了我一眼，小幅度地蹙眉，拿起另一個鐵夾翻動肉片。

脂肪滴落烤爐的滋滋聲響伴隨著裊裊煙霧在我們之間來回徘徊。

忍耐著如坐針氈的沉默，當肉片好不容易變色的時候，我搶先將五分熟的松阪豬肉片挾到秀湘的盤子，像是總算找到一個話題似的說：「這家店的特色是肉質，所以沾醬只有玫瑰鹽和檸檬而已。擠檸檬汁的時候也有訣竅，要以果肉朝上的角度，這麼做檸檬汁會流經果皮，多了一份風味。」

「你之前來吃過嗎？」

「沒有，訂位的時候聽同事說的。」

秀湘半信半疑地捏起切片檸檬，擠了幾滴檸檬汁到肉片，這才謹慎地執起筷子挾起肉片放入口中。

「……味道如何？」

「好吃。」

秀湘坦率地發表感想。

雖然眼前沒有鏡子，不過我知道自己肯定露出寵溺的笑容，忍不住興奮地挾起放在刻花瓷盅內的厚切牛舌放到烤網，然後立刻又挨了秀湘的白眼和一陣謾罵。

氣氛雖然沒有因此變得極佳，不過至少因為方才的互動緩和許多。

我能夠提起一些稀鬆平常、普通的父親會問女兒的話題，像是「學校生活如何？」、「考試的難度能夠應付嗎？」和「有稍微考慮過將來的職業或大學的科系嗎？」。對於能夠簡短回答的問題，秀湘也會回答，至於牽扯過廣的問題則是保持沉默，繃起小臉默默咬著烤肉。

對此，我也能夠微笑說著「將來不管做什麼都沒關係，只要好好思考過，做出不會後悔的決定就好了」這種回答。

按照秀湘的節奏吃完肉盤之後，店員小姐隨即端上海鮮為主的拼盤和炸物。

秀湘的食慾似乎不好，每樣料理都淺嚐即止。我吃著第三顆酥炸牛肉丸的時候總算想到「或許她正在減肥」的可能性。

抱持著某種責任感吃光這一輪的料理之後，滿腹感已經來到八成。

我暗自回想套餐的菜色，思考還有多少道菜尚未上桌，然而卻完全想不起來。

「不好意思，請幫我們加熱茶。順便也要一份玫瑰鹽。」

秀湘舉手招呼店員，這麼說。

我看著她的側臉，忽然意識到不能夠再找藉口拖延下去了，挺直脊背，謹慎地斟酌用詞緩緩開口。

「那個，嗯，秀、秀湘——」

秀湘沒有回答，只是瞄了我一眼表示有在聽。

「有些事情我一直沒有機會講，不，應該說沒有講才對，趁著今天這個時候……嗯，用趁著似乎也不太對，總而言之，我真的感到很抱歉。」

「對於什麼事情？」

秀湘緩緩放下筷子，微微蹙眉。她將食指放在桌面廣告紙的邊緣，折出一個倒三角形不停摩娑。

「我今天仔細回想，發現自己沒有因為這件事情親口向妳道歉。」

「……為什麼直到現在才要道歉？因為世界末日嗎？」

一瞬間無法分辨女兒正在調侃還是認真詢問，我陷入沉默，思索片刻才繼續說：「我不否認那個也是理由之一。」

「依然老愛用這種模糊的態度敷衍了事。」

秀湘低聲嘟囔，接著凜起臉，繼續開口。

「離婚的時候我也懂事了。雖然事情變化得太過迅速讓人有點難以適應，不過那是你和母親兩個人的事情，如果因為顧慮到我而做出違心決定才會造成我的困擾。」

「抱歉。」

「剛才都說了，不用道歉。」

雖然我肯定她剛才沒有那麼說，可是也無法反駁，歉然低頭。

秀湘低聲抱怨著「肉豈不都烤焦了」，拿起鐵夾接連將黏在烤網的厚切牛舌翻面。這個時候端著熱茶和玫瑰鹽小碟子的店員小姐忽然緊張地上前，說著「我們會幫忙烤」，分別拿起兩支鐵夾用熟練的動作將肉片移動到鐵網邊緣。

對話頓時中止。

秀湘和我各自凝視著鐵網，直到店員小姐離開，她才露出某種難以分辨情緒的倔強表情開啟新話題。

「今天早餐是你做的？不是買來的？」

「呃，正好吐司只剩下一人份，如果放回冰箱也覺得彆扭，就順手做了……妳有吃嗎？」

「當然，放著也只是丟掉吧，那樣多浪費。」秀湘停頓片刻，皺著鼻子抱怨：「不過我討厭番茄醬，這點講過好多次了，下次再加我就不吃了。」

「抱歉，我會牢記在心。」我反射性地說完，忽然察覺到話中含意，不禁抱持希望地謹慎確認：「咦？等等，所以意思是如果我再做早餐，妳……願意吃嗎？」

「如果能夠有小時候的水準啦。那麼時間差不多了，掰掰。」

「咦？但是還有甜點——」

「掰掰。」

語畢，秀湘抓起書包，側身閃過一位端著飲料托盤的店員，頭也沒回地走出燒烤店。

我瞥了眼還剩下好幾塊生牛肉的盤子，舉手招來服務生，詢問今天的甜點是什麼。原本打算外帶放回冰箱，然而聽見是抹茶冰淇淋的時候只好苦笑告知不必上甜點了，想了想後多加點一杯啤酒。

我一片一片慢慢烤著剩下的肉，聽著隔壁桌四人小家庭的對話，直到肉都吃完了才轉而端起微溫的啤酒，小口啜飲。不知不覺間來到用餐時間限制的兩個小時，在店員小姐過來解釋的時候我才猛然回神，急忙拿起帳單走到櫃台結帳。

離開燒烤店的時候因為驟然變化的溫差而打了個哆嗦。

天色已經澈底轉黑，抬頭能夠從薄雲和大樓之間的縫隙看見紫紅色的夜空。

這個時候，我總算想起來剛才忘記詢問秀湘那件過大的制服以及「林家軒」的事情，偏偏被飽足感塞滿的胸口沒有空間能夠容納其他情緒，只好在街道漫無目的地信步走動。

接著，放在口袋的手機忽然傳來震動。

一瞬間覺得是秀湘傳來的訊息，我急忙取出手機解鎖，然而定眼一看才發現是社群網站的提示音。發佈者是最近剛被調為自己下屬的許倚藍。

一開始的時候我其實挺不看好她，雖然個性直爽、有些無厘頭、樂觀積極，短時間就能夠和客戶打好關係，然而那種大而化之的性格總會在關鍵時刻捅出大紕漏。儘管如此，她卻憑藉著外表看不出來的毅力堅持到今天，和那些只做了一個月就直接不來、甚至必須讓人事打電話通知才說要辭職的新人相差甚遠。

我點開頁面，頓時看見一行簡潔有力的感想和一張照片。

「——傳說中的學長和傳說中的網購蛋糕捲！」

照片當中，倚藍和某位露出苦笑的眼熟青年肩碰著肩坐在床沿，單手端著切好的蛋糕捲朝向鏡頭露出尷尬的笑容。

見狀，我不禁愣住了。

拿遠手機再次端詳，我可以確定那位青年是辭職的前部下。

畢業於頂尖大學的頂尖科系，五官端正，身姿挺拔，談吐穩重且不失風趣，擁有在短時間內擄獲人心的獨特魅力，宛如「自信」這個詞彙的具體呈現。

當初面試完的時候甚至在幹部之間引起一陣討論，不少人認為他或許可以在最短時間爬到最高職位，儘管如此，他卻只待了三個月的時間就辭職了。

當時他沒有犯下任何需要辭職的錯誤。

所有業務只要詳細交代一次即可，對於商業文件的用詞遣字相當熟稔，接待客戶的態度更是遠比某些年資豐富的職員更加熟練，交給他處理的事情都能夠辦到無法挑剔的程度，簡直是所有部門都想要的立即戰力。

儘管如此，他卻在三個月內辭職了。

主因大概是我的責罵。

我明白那件事情源於其他同仁沒有交代清楚而出現的紕漏，主要錯誤並不在他，原本只是打算藉此告訴他不能夠鬆懈，結果卻適得其反。這件事情讓我深切感受到時代確實改變了，日後內疚地集合較資深的員工們開了場檢討性質的酒會，討論今後教育新人的方針。

我再次審視螢幕當中的照片，無法理解為什麼他們兩人會湊在一起，甚至感情融洽地吃著蛋糕捲。

「……難道他們正在交往嗎？」

這是深思之後唯一得出的結論。

明明當前部下待在公司的時候他們看起來毫無交集，沒想到竟然隱瞞得這麼好。當我暗自感嘆的時候，其他職員在照片下方的留言討論卻直接推翻了我的推論，看來事情並沒有想像中如此複雜，單純只是前部下和倚藍偶然相遇而已。

停頓片刻，我忽然覺得後者或許比起前者更加可貴。

居住在這座城市的人口將近三百萬，兩人偶然相遇的機率雖然不及天文數字那麼誇張卻也是微乎其微的數字。

偶然在同一個時間，同一個場所，遇見曾經在同一個職場共事的對方，豈不是相當厲害的事情嗎？

我就這樣愣愣地盯著手機螢幕站在人行道的中央，接著肩膀冷不防地受到撞擊，身子順勢往前撲倒，總算是在最後的關頭即時移動重心穩住，然而手機卻喀啦落地，彈了兩下滑到牆角。
側臉確認情況的時候正好看見和秀湘相同高中的制服短裙。
「對不起！」
大步奔跑的少女揚聲道歉，眨眼間就隱沒在人群當中。
我走了幾步彎腰撿起手機，退到路旁商店的櫥窗。或許是透明手機殼的緣故，螢幕沒有看見裂縫，試了好幾個ＡＰＰ也都能夠正常運作。放下心來的我將手機放回口袋，繼續走動。
雖然原意只是想要避開人潮，然而我仍舊不知不覺走到前妻的蛋糕店附近。
我並未靠近蛋糕店，而是在對街一間服飾店的門口止步。蛋糕店的窗戶一片漆黑，門口那張寫著「CLOSED」的木頭吊牌被風吹得左右擺動。
我反射性地，真的只是反射性，移動手指流暢撥打出那個最為熟悉的號碼。
意識到這個舉動所代表的意義時，對方已經接通了。
「……有什麼事情嗎？」
前妻的聲音聽起來很不高興。
考慮到此刻時間接近深夜，確實是理所當然的反應。
「我呢，剛才和秀湘一起吃晚餐了。」
前妻似乎用鼻子哼了一聲，沒有表示意見。
等待好幾秒的我只好繼續接續話題。

「那、那個呀，雖然有些難以開口，不過我覺得這種時情應該問妳比較恰當，畢竟秀湘也不會跟我提到這些，嗯，就是那個……妳知道她有沒有男朋友嗎？」

「啥？」前妻的聲音瞬間低了好幾個音階，不悅地說：「我這邊正在準備後天電視採訪的談話稿，能夠別用這種無聊事來煩我嗎？」

「咦？妳又要上電視了？」

「為什麼要用那種說法，我才沒有一直接電視的通告好嗎，上次應該是……一年前還是兩年前的事情了，總而言之我沒有時間陪你聊天，那麼就先這樣。」

「等等！拜託等一下！不要掛掉電話！我真的很認真要討論這個話題！如果妳要忙電視採訪的事情也沒關係，我可以等，多久之後打給妳比較好？」

前妻停頓片刻，能夠隱約聽見紙張翻動的聲響。

「……喂？喂？妳還在吧？沒有掛電話吧？」

「在啦。」前妻沒好氣地說：「我沒聽她講過這方面的話題，不過畢竟也是高中生了，就算交到男朋友也沒有什麼好奇怪的。」

「我們當初不是決定男朋友要等到大學之後才能夠交嗎！」

「那個只是你獨斷決定的事情吧，我本來就覺高中差不多就可以交往了。」

「咦？妳一直以來都是這樣想的嗎！」

「我們倆也是在高中就認識了。」

我似乎能夠看見前妻此刻臉上的訕然表情，停頓片刻，繼續開口。

「如果女兒要結婚了，我希望能夠在婚禮上牽著她的手入場然後交給新郎，這個是我此生最大的願望。」

「我知道你想那麼做，打從秀湘出生的時候就唸過不曉得幾百次了，但是你到底想要說什麼？喝醉了？」

「一杯啤酒才不可能讓我醉，雖然等一會兒可能會久違地買酒回去……啊！不過明天還得上班，必須處理今天積著的工作，不能喝得太醉……」

前妻用瞭然的無奈語氣嘆息：「這種時候快點回家，躺著對枕頭自言自語吧。」

「我還沒醉，那是等一下的事情。」我在反駁的時候忽然嗆到了，咳了好幾聲才勉強平緩住呼吸，揉著胸口問：「吶，妳知道為什麼當初秀湘會選擇和我一起住嗎？」

「因為她不想要幫忙我打理蛋糕店吧。」前妻理所當然地回答：「那孩子意外地很會打算，知道如果跟我住肯定要幫忙，像是擔任服務生之類的，權衡之下自然選擇你那邊。」

驟然聽見這個從未想過的答案，我不禁感到詫異。

我靠在人行道外側的護欄，背對著接連閃爍的眩目車燈，好半晌才接續話題。

「但是現在住的房子很小耶。」

「她本來就喜歡窄的地方吧，像貓一樣。小時候也常常躲在紙箱或是衣櫥裡面當成祕密基地。」

「聽妳這麼一說，好像確實有這回事……所以她真心想要和我一起住嗎？」

「要說真心也不太恰當吧，應該只是單純的二選一。」前妻說完的時候忽然咂嘴，喃喃自語地某些無法辨別的內容，接著厭煩地問：「所以你盡興了嗎？我這邊真的快要來不及了，今天早上才忽然告訴我要改主題，真的——」

意識到前妻隨時有可能擅自結束通話，我趕忙開口。

「等等！最後一個問題。」

「唉……什麼啦，快點問一問。」

「那個……改、改天我們找個機會，三個人一起去海邊如何？」

電話那頭頓時陷入沉默，而我就像當初向前妻求婚的時候一樣，握緊左拳，忐忑不安地等待她的答案。

5.名為「唐語煙」的幕後黑手的情況

「——很好，送出。」

我按下滑鼠左鍵，等待伺服器連接的小圓圈轉完，下個瞬間螢幕頓時跳出「成功發佈帖子」的提示視窗。倘若預約發文的時間沒有設定錯誤，三個小時之後，論壇最頂端的討論串將會出現我的帖子。

標題只有一句話——聽說，明天地球會毀滅。

內容本來打算空白，不過系統不允許，只好聊勝於無地打了幾行空白鍵。

深思熟慮之後，我捨棄原本文謅謅的長篇大論，採取最單純卻能夠讓網友瞬間理解所有內容的方案，由於待在電腦前面會忍不住持續重新整理網頁好確認自己究竟有沒有設定錯誤，我決定先到浴室洗澡。

從抽屜取出充當睡衣的運動服和毛巾。我在離開房間之前忍不住瞥了眼螢幕，不過依然尚未有人回應。暗中想著「果然不會這麼快」，我踏出房間，從走廊的角度可以窺探客廳沙發、米灰色的絲毯一角以及父親的西裝褲管。

我盡量不發出聲響，躡手躡腳地前往走廊盡頭的浴室，直到鎖上門扉才鬆了一口氣。踮起腳將運動服和毛巾放在鐵架，我踩著酪白色磁磚走到蓮蓬頭前方。

「為什麼連在家裡也堅持要穿西裝，真令人搞不懂……雖然比起只有一件內褲好啦。」

一邊抱怨著父親詭異的服裝堅持，我一邊扭開水龍頭，閉起眼沖著熱水。我認為洗澡一定要用熱水才會洗得乾淨，就算是夏天也不會洗冷水澡，每次都是以全身皮膚紅通通的狀態離開浴室。

十多分鐘後，稍微有些頭暈的我搖搖晃晃地用毛巾擦乾身體，換上素色T恤和運動短褲，彎腰撿起衣服放到洗衣籃，抬頭挺胸地離開浴室。

我站在客廳的門邊，用披在肩膀的毛巾擦拭髮尾。

父親用眼角瞟了我一眼。

「語煙，妳明天會去上課嗎？」

「當然不會，你也記得明天是什麼日子吧。」我不給父親接話的空檔，繼續說：「那麼我去便利商店一趟。」

「……路上小心。」

父親用低沉的嗓音這麼回應。

我一身輕裝，從玄關鞋櫃上方的零錢碗抓了一把硬幣，逕自離開公寓。

隨著日落，公寓周邊的動靜似乎也跟著光線被黑暗吸收殆盡，明明時間尚在八點前後，然而放眼望去唯一有都市氣息的明亮光源只有對向街道的便利商店。

公寓座落於純住宅區的中央位置，光是自己家的那棟少說就有兩百戶居民，再加上附近的小型出租公寓和獨棟建築物，支撐一間便利商店的營業額應該綽綽有餘。

我快步穿越雙黃線的車道，走進便利商店。

鄰近公寓住宅區的緣故，客人們大多和我一樣是輕便的居家服裝，短袖短褲搭配拖鞋。我經過牆邊一組指導女兒寫作業的母女，大步走到冰櫃前方，推開蓋子彎腰拿起一支蘇打冰棒，接著拐入零食區的走道順手取下一包辣味魷魚絲，前往櫃檯結帳。

若非必要，否則我不太喜歡到處亂晃消磨時間。

或許是某種巧合，每次我洗完澡來便利商店買冰的時候都是同一位店員小哥在值班。他總是頂著亂糟糟的髮型和無力的眼神，看起來就像是不去找正職，利用單薄薪水得過且過的打工族。

不過今天或許正好那位小哥沒有排班，站在櫃台後面的是一位無精打采的婦人，用稍嫌粗魯的方式拿起商品刷著條碼，眉頭深鎖。

踏出便利商店的時候，殘留暑氣的微風頓時從四面八方包裹住身體，讓溫度從皮膚緩緩滲入。

我將辣味魷魚絲塞入口袋，用牙齒咬開冰棒的鋸齒狀塑膠袋，一邊舔一邊走到距離便利商店數步遠的小公園，坐在栽種著矮樹叢的矮牆上面。

雖然是直走十步就可以穿越的小公園，不過好歹中間有一座涼亭和矮樹圍牆，傍晚時間相當受到媽媽們的喜愛。那段時間回家的時候總會看見媽媽們一邊前後推動娃娃車一邊圍坐在涼亭聊天的景象。

我小口小口咬著蘇打冰棒。

蟲鳴聲斷斷續續的。某隻蟲應該距離我坐的位置很近，不時會聽見特別響亮的聲響。

父親是我現在就讀高中的教務主任。

原本我相當排斥進入父親執教鞭的學校就學，畢竟光想到或許會在學校走廊和父親不期而遇的場景就覺得厭煩，然而現在的我卻很慶幸進入這所學校就讀。

因為我得以認識李子堯。

他是一位有註冊、有學籍卻從來沒有到過學校的學生。

我雖然聽父親說過少年罹患的疾病名稱，卻如同過耳東風沒有記住那個過度冗長的專有名詞，只是知道那是五萬分之一機率的疾病，患病者大多會在十歲前死亡。因此，十六歲的少年已經算是非常幸運的患者。

——那樣算是幸運嗎？

我在心底這麼反問，不過也只是在心底。

畢竟我早就知道詢問這些不會得到答案的問題也是莫可奈何，徒增對方困擾而已。

父親對於教育這件事情相當熱心，說是將全部心血、精力都耗費在此也不為過，因此面對一位重病而無法上學的孩子，他不僅自願擔任起連絡負責人，甚至利用私人時間，在放學時間和周末主動前往醫院。

我和子堯初次見面那天是個相當普通的日子。

萬里無雲的夏日晴天。

然而直到今日，所有的細節仍舊記憶猶新。

在空蕩蕩的病房內，一位臉色蒼白的少年坐在病床，虛弱地勾起嘴角。

「妳是老師的女兒對吧？我聽老師說過不少關於妳的事情，總覺得很久以前就認識妳了，不過還是該說聲初次見面，妳好。」

「彼此彼此。」

我小心翼翼地坐在病床旁邊的赭紅色沙發床。觸感很硬。

病房是位於走廊末端的單人房，似乎因此相當安靜，只能夠聽見草綠色的窗簾拍打玻璃的微弱聲響。

少年的名字是李子堯。

由於是同班同學，他的年紀也是與我相同的16歲，儘管如此，我第一眼注意到的是他的手臂好瘦，簡直只剩下一層皮膚包裹著骨頭，青藍色的血管密密麻麻地互相纏繞。

雖然已經從父親聽來基本的個人資料，然而親眼所見卻又是另外一回事。

這段時間，李子堯只是維持平靜的笑容，不發一語。

我遲來地意識到自己的舉動很不禮貌，趕忙轉開視線，從書包取出手工裝訂的小冊子，用雙手捏住角落向前遞出。

「這個是隔宿露營的冊子。」

「抱歉了，麻煩妳這種事情。」子堯難掩興奮地拿起小冊子，微笑解釋：「雖然我無法參加，不過還是想要看看整體的活動規劃，算是留個紀念的感覺吧。謝謝妳專程拿給我。」

「不會。」

由於他的態度過於疏遠客氣，反而讓我也只能使用所知道最為慎重的態度回應。

「老師今天有事情嗎？」

我停頓片刻才意識到他指的是父親，趕忙接話。

「父親今天要開會，不過正好冊子已經做好了，所以讓我過來。」

「原來如此。麻煩妳了。」

輕輕頷首的子堯再次道謝，開始翻閱小冊子。

見狀，我不禁斟酌該使用什麼詞彙道別，一心想要盡快遠離這個尷尬的空間，然而在開口之前，子堯彷彿掐準最佳時機似的再次開口。

「妳覺得人類活在這個世界的意義是什麼？」

對此，我可以立刻想到「追求理想」、「娶妻生子」或者是「有一個完美的人生」這些答案，然而卻無法將之說出口。因為我知道這些都不是正確答案，或者說，這些都只是我借用某本書的內容，而不是自己絞盡腦汁、搜索枯腸後得出的答案。

子堯沒有催促，只是靜靜地等待。

儘管見面不到五分鐘，我卻明白他相當擅長這件事情。

此刻想來，拿「妳覺得人類活在這個世界的意義是什麼？」作為初次見面的第一個話題實在太過晦澀艱深，然而當時的我震懾於子堯的氣勢，完全沒有意識到這點而是認真思考正確答案。

片刻，子堯用手指滑過病床側邊的鐵扶手，發出某種微弱卻確實傳遞到每個角落的奇妙摩擦聲，打斷我的思緒同時接續話題。

「我呢，覺得是為了在這個世界留下自己存在的痕跡。」

「……像是寫本書嗎？」

「那個也是其中一種方法，無論留下書籍、圖畫、音樂、藝術品甚至回憶都可以，只要自己死後，有其他人能夠透過這些東西想起自己，這樣就足夠了。每個人都是為了這件事情而出生在這個世界。」

子堯的語調沒有高低起伏，十分平靜。

傍晚的日照很稀薄，意識到的瞬間窗外已經一片漆黑。

無機質的日光燈看起來像是白色油漆，蓋住一大片的視線，即使我用力眨眼也沒有改善。

「不過這個只是我的答案，在某些人眼裡可能錯得極為離譜，雖然話又說回來，為了達到這個『理想』，我得先完成努力撐過治療的『目標』。」子堯聳聳肩，話鋒一轉地問：「待在這裡很少有機會可以聽見其他人的答案，所以，嗯……語煙同學，妳的答案又是什麼？」

「……讓我想想，下次來的時候會告訴你。」

「那麼我就期待妳的答案了。」子堯露出平靜的微笑。

這是我與子堯的初次見面。

那天，我第一次知道世界某處有個人只求他人記住自己就心滿意足，而且他的年紀與我相仿，就待在距離家裡三十分鐘車程的醫院病房。

從那之後，我經常造訪醫院。

雖然嘗試尋找一個明確的理由解釋自己的行為，然而直到今天依然找不到答案。

就像「妳覺得人類活在這個世界的意義是什麼？」的問題一樣。

我將最後一塊青藍色的冰塊從木棒咬下來，沒有等待溶化就直接吞入喉嚨。

儘管冰塊已經化成水流到胃部，不過某個物品梗在喉嚨的異物感仍舊揮之不去。

回家之後，父親仍然一如往常地穿著西裝褲和白色襯衫坐在客廳觀看新聞節目，彷彿始終維持著相同的姿勢不曾移動。

我將辣味魷魚絲放到父親手邊的沙發坐墊。

基本上只要有辣味魷魚絲就能夠令父親的心情變好，這是來自母親的教誨。

雖然目前因為家務分配問題而吵架的母親似乎來不及準備這樣物品就先氣得跑回娘家，不過扣除這點，辣味魷魚絲確實屢試不爽，至少父親看似已經不打算提起關於明天翹課的話題了。

「那麼我回房間讀書了。」

「注意身體，別太晚睡了。」

父親的視線依然沒有從電視移開，含糊叮囑。

「我知道。」

我低聲答允，爬上樓梯回到二樓，途中先途中繞進浴室刷牙洗臉，接著才返回房間。或許是冰棒在肚腹逐漸溶解、吸走熱量的緣故，這段時間總覺得身體內部空盪盪的。

抬腳跨過在門邊堆成一座小山的網路書店紙盒，我思考著下次資源回收的日子差不多該將那些紙盒拿去扔掉了，隨手拿起尚未完成的魔術方塊，用指腹摩娑拼出完整紅色的那一面，走到月曆面前。

明天的日期被紅色麥克筆圈了好幾個圈，邊緣則是隨意勾出花朵的輪廓。

緩慢地轉移視線，我隨即看見貼在牆壁的段考成績單。

右下角的全校排名欄位寫著「1/816」。

以往收到成績單的時候我總是直接將之塞到抽屜，讓它成為其他資料、講義和廢紙的一部分，然而上次突發奇想，將最新一次模擬考的成績單貼在書桌正前方的牆壁借此砥礪自己，至於實際的效果如何還有待收集更多的參考數據。

至少以目前而言，效果不錯。

將魔術方塊放在書桌邊緣，我走到書桌坐下，拿起空調的遙控器打開之後湊著檯燈的光線開始溫習今天的數學筆記。

放學回家後直接在書桌溫習今天的科目筆記，花費半個小時吃晚飯，回書桌閱讀需要大量記憶的科目，洗完澡到便利商店買一支冰棒，吃完後回家繼續讀書直到十一點，接著上床睡覺。

我喜歡文科也擅長文科，原本的未來志向是國文老師，因此要在高中二年級的時候轉換志向成為醫生絕非易事，至少當初視為此生都不必再接觸的理科科目都得大幅加強。

書架毫無縫隙地整齊放滿醫學相關書籍以及各種參考書，原本的言情小說和少女漫畫被擠到角落，蒙上一層灰塵。

不知不覺間，這些流程已經變成習慣，倘若沒有達成反而會覺得渾身不對勁。

等到我將筆記本翻到最後一頁的時候，順勢瞥了眼打橫放在手邊的手機。

螢幕顯示著即將來日期轉換的時刻，這麼說來，不久前設定好的帖子應該已經公開發佈到論壇了。

雖然精神感覺只有短短的一段時間，不過三個小時分量的疲勞感隨即湧現，眼角也隱隱作痛。我用力瞇緊眼睛，重複了好幾次才讓視野恢復正常，用力吐氣闔上筆記本，正式結束今天的進度。

將眼鏡放在魔術方塊旁邊，我伸了個懶腰，起身開始在房間繞圈打轉，直到稍微覺得頭暈的時候才直接坐在床沿打橫倒下。將臉直接埋進枕頭當中，左右磨蹭。

一瞬間想要保持這個姿勢直接睡下去的衝動，總算是在最後關頭靠著意志力起身走到書桌抓住手機，再度倒回床鋪，將螢幕貼在鼻尖，開啟通訊ＡＰＰ敲打內容。

「——差不多該回家了，爸爸打從下班就盯著開始看電視，連新聞已經跑上第三輪了還沒發現。」

我將訊息內容重複唸了兩次，確定沒有遺漏的部分後才發送給母親，接著用盡全力阻止自己別去看那則討論串的後續，畢竟明天是個大日子，為了養足精神，差不多該睡了。

「晚安。」

沒有對著特定人士所說的問候語很快就溶解在空氣當中。

我閉上眼睛，很快就沉沉睡去。

✣

我意識到自己已經醒了，卻仍然緊閉眼睛，體驗著介於夢境和現實之間的奇妙感覺，好半晌才緩慢地將手腳伸展到極限，發出愜意的嗚噎聲。

床頭櫃的鬧鐘顯示九點。

天空藍得令人眩目，是個符合夏天印象的晴朗日子。

——如果起床第一眼看向窗外的時候完全沒有看見任何雲朵，那麼那天將會相當順利，反之如果看見了雲朵，或許會發生某些不順心的事情。

這個是我個人獨創的占卜。

今天的結果是大吉，同時，今天也是地球毀滅的日子。

這麼一想，占卜的結果是大吉似乎有些矛盾。

我沒有多作思考，起身坐在床沿。

室內異常明亮，所見之物都蓋著一層陽光，即使眯起眼也只能夠看見朦朧輪廓。或許是開著空調的緣故，我接著注意到室內異常安靜，只能夠聽見嗡嗡作響的運轉聲。

內心出現一種不應該干擾這份安靜的義務感，我小心翼翼地滑下床，走到書桌拿起遙控器關掉空調，緊接著，蟬鳴、引擎聲與某種令人窒息的溫度悄悄從窗沿滑入，眨眼間就占據整個房間。

這個時候我總算意識到剛才的想法很蠢，暗忖剛才的自己或許尚未睡醒，同時慶幸在這個重要的日子沒有睡到午後時分才醒來，加快動作換穿好制服。

今天是地球即將毀滅的日子，所以久違地翹課也能夠被原諒。

至於究竟該被誰原諒，這點我也無法立刻說出一個明確的對象，這個部分姑且就將責任推給無法違逆的命運吧。

手機的螢幕顯示著09:34。

這個時間，父親應該已經待在學校的教職員室了。

將必要的物品一把掃入書包當中，走出房間的我先繞到玄關瞥了一眼，依然沒有看見母親的鞋子，看來依然待在娘家鬧彆扭。這麼說起來，昨天傳給母親的訊息也是被已讀不回。

我無可奈何地聳聳肩，暗自祈禱這場夫妻吵架的冷戰時間千萬別超過去年「在褲子口袋塞衛生紙再放到洗衣機事件」的兩周。畢竟三餐都吃便利商店的便當實在太煎熬了。

話雖如此，比起父親的手藝我倒是挺喜歡便利商店的輕食，至少有安定的水準。

離開公寓之後，我先到對街的便利商店購買早餐。

店員依然不是那位看似打工族的小哥，說不定他已經辭職了，也有可能只是窩在房間消磨時光，打算等到存款歸零再找新工作。那樣的生活或許也相當愜意。當然我認為明確的目標與未來規劃是必要的，不過如果成年之後能夠有一年、兩年的時間過著如此頹廢的生活似乎也不賴。

我坐在便利商店靠著落地窗的塑膠椅，小口咬著新發售的起司三明治。

直到吃到一半的時候我才開始懷疑這個商品或許需要先微波，不過冷冰冰的起司並不難入口，我也就繼續咬著，同時單手將手機解鎖，登入論壇。

利用搜尋功能找到昨晚發布的討論串，我訝異發現總共有四則回應。

分別是蟋蟀、灰色大熊、玻璃舞鞋和蝙蝠四位網友。

我暗忖著最近是不是流行用動物當作帳號暱稱，一邊仔細閱讀他們的回應。

「——這樣的世界毀滅了或許也不錯。」

「——如果明天真的是世界末日，我想應該會找女兒吃頓飯吧。」

「——那樣就不用上班了！萬歲！」

「——蠢死了。你們這群認真討論的智障。」

原本以為會被噴得更加淒慘，只有一則負面回應反而覺得相當高興。

不如說，有人願意給予回應就令我心滿意足了。

重複看了好幾次回應，直到那些文字幾乎烙印在眼底的時候也正好吃完了三明治。我將桌面零亂的塑膠包裝、發票和硬幣全部捏在拳頭，塞到書包底層，起身踏出自動門。

——這個世界有很多事情比起上學、讀書、考試更加重要。

事情只有這麼簡單。

我很慶幸自己在年輕的時候就理解到這點，並且有足夠的時間花費在那些更重要的事情上面。

頂著毫不留情的艷陽，我搭車前往鬧區。

雖然在非休息日的時間穿著制服，然而出乎意料地完全沒有行人對我投以好奇的視線，大家只是露出強忍熱度、蟬鳴和濕透上衣的表情，低頭往各自的目的地前進。

爬過一條略陡的上坡，我經過一家招牌寫著「Fourmis」蛋糕店。

雖然我對於時下的流行一竅不通，不過也聽過關於這家店的傳言。店主是一位總是戴著紅色三角巾的開朗女子，年紀輕輕便創業有成，靈活運用曾經在法國學習的手藝製作出許多被拍照上傳到社群網站的精美蛋糕，短時間內便位居搜尋引擎上位，如今已經是即使排隊也不一定能夠買到商品的名店。

子堯說過Fourmis是法文「螞蟻」的意思，這也同時解釋了為什麼那家店會用螞蟻作為店徽。

「明明一年前的時候生意還算普通的說。」

我看著玻璃櫥窗內滿滿的ＯＬ客人，繼續邁步。

今天是地球毀滅的日子。

一想到此，總覺得必須做些特別的事情，然而深入思考卻又想不到何謂特別的事情，最後又繞回鬧區。時值中午，街道出現不少外出購買午餐的上班族，經過百貨公司旁邊的商店街時，我偶然發現國中同學的郭秀湘和一位外表看起來有些膽怯的男生並肩坐在日式蓋飯店吃午餐。

出乎意料的，看來翹課的學生比想像中更多。

我再度瞥了眼郭秀湘兩人略顯尷尬的青澀距離感，聳聳肩，轉而朝向某個確定的場所前進。

✥

最近我隱隱約約察覺到父親不喜歡自己過度頻繁地前往醫院，儘管如此，我自認為這個行為沒有任何值得被責備的地方，追根究柢，當初可是父親主動要求我去認識子堯，如今也不好出爾反爾，只能夠消極地表示反對。

姑且覺得應該先買幾包辣味魷魚絲放在房間抽屜以防萬一，我拉挺衣服，移動到立身鏡前面仔細審視自己。

米白色T恤、淺綠色薄外套搭配紅黑色格子褶裙，整體而言應該符合今夏的流行風格，長髮也綁成包子頭，不會有披頭散髮的困擾。拿起米色肩揹布包的時候才覺得和裝扮風格不太搭，然而也沒有時間重新換裝了，只好直接出門。

今天的天空似乎比往常更高，不過也有可能只是錯覺。

氣溫方面倒是一如往常地悶熱。

醫院的護理人員似乎已經記住我的臉了，對上視線的時候都會頷首打招呼。

經過五彩繽紛的彩繪牆壁、電梯門以及設置著掛牆電視和長椅的休息區，我站在走廊末端的病房前，取出面紙擦拭掉頸側的汗水，深呼吸數次才敲門。

「請進」這個回答幾乎在同時就傳入耳中。我握緊ㄇ字型的門把，推門而入。

「——語煙，怎麼忽然來了？今天學校放假嗎？」

原本躺臥在床鋪的子堯喜出望外地喊，隨手將正在閱讀的書本反手蓋在床墊，挪動身子好坐得更挺。

經過的瞬間我瞥了眼書名。

小杜麗，作者是查爾斯・狄更斯。確實是很有子堯的艱澀選書風格。

「翹課了。」

聞言，子堯訝異地瞪大眼，不過很快就用一如往常的微笑掩蓋過去，轉而詢問：「今天是什麼特別的日子嗎？」

「普通的日子就不能夠翹課嗎？什麼奇怪的邏輯。」

我沒好氣地說，繞過病床走到窗邊的赭紅色沙發床坐下。

矮桌放滿各式雜物。扣除領域橫跨傳記、陰謀論、純文學小說、日記和少年漫畫的眾多書籍，我發現有一個魔術方塊。

注意到我的視線，子堯笑著解釋：「算是最近的消遣，正在努力研究中。」

「這個有很多種的解法吧，好像還有可以在三十秒內組好的高手秘技。」

「或許吧，不過看攻略就沒有意義了，我會自己想出來。」

「……我覺得那是一個人絕對想不到的方法就是了。」

「這樣才有挑戰性。」子堯微笑說：「無論什麼事情，最快樂的時候都是『嘗試』和『努力』的階段，最後的成功只是一個值得高興的附加贈品而已。」

「聽起來像是失敗者的藉口呢。」

我隨手拿起魔術方塊，轉了好一會兒卻連一面都湊不成。

「要不要來比賽？看看誰先獨自想出完成魔術方塊的方法。」

「我是文科生耶。」

「如果直接讓我不戰而勝也沒關係，畢竟我花一天就拼好一面了，按照這個步調，大概一周後就會成功了。」

「……很好，我接受挑戰！」

我用力將魔術方塊放回矮桌桌面，接著忍不住動手整理出一個能夠放肩揹布包的空位才從中取出兩張夾在塑膠資料夾中的國文講義。

「吶，昨天忘記給你了。這是老師特別整理的唐詩、宋詞和元曲的比較。」

「謝謝，一直以來麻煩了。」

無論我送過多少次的講義，每次子堯都會在接過的時候道謝。毫無遺漏。這種堅持的小地方讓我相當佩服。

我繼續挺直腰桿站在窗邊，甚至做作地圓地轉了個圈，偏偏開始閱讀講義的子堯毫無誇獎自己這身裝扮的跡象，只好訕然坐在沙發床。

單手撐著臉頰，我看著子堯珍而重之地將講義收到資料夾，好奇地問：

「你也要考試嗎？」

「形式上啦，當初也有參加基測才能夠進入這所高中。」子堯說：「期中、期末考的考卷都有寫，最後也會拿到成績單。這麼說起來，上次期中考數學的最後那道加分題很討人厭對吧？竟然要我們寫上數學老師的三個優點，我可是連數學老師的臉都沒見過呢。」

「……那麼你是怎麼上課的？」

「網路的函授課程配合自修囉，偶爾有完全不懂的地方就問老師。」

「……父親的專業科目是歷史吧。」

「如果是比較艱深的問題就一起討論、鑽研，就像學習會的感覺吧。」

雖然覺得和自家父親開學習會相當彆扭，不過既然子堯露出美好回憶的表情，我也不好多說，默默放棄這個話題。

「對了，我上次看到——」

子堯以這個慣用句作為開端，興致勃勃地說起關於用廢棄物組裝、能夠實現自給自足目標的「大地船屋」；玻利維亞被稱為「天空之鏡」的鹽湖成因與傳說；日本一位叫做「娜凜」、能夠在社群軟體和其他用戶聊天的女高中生ＡＩ，等等彼此之間毫無邏輯性卻引人入勝的話題。

雖然這些話題確實很有趣，然而我的心思都放在接下來要開口的事情上面，只是盯著地板磁磚的縫隙，隨口回應。

直到子堯喘息的空檔，我才猛然開口：「那、那個啊——」

「怎麼了嗎？」

即使關於前往阿拉斯加挖礦的寶石獵人話題尚未結束，子堯仍舊露出微笑，這麼說。

我忽然覺得很熱，起身把窗戶全部推開。

這個位置能夠清楚看見醫院側邊的停車場。

車格基本上都停滿了，透過整排榕樹能夠看見各種顏色的車身，在豔陽下閃閃發亮。宛如火柴盒汽車。

我停頓片刻，用某種放開一切的語氣開口。

「其實今天是世界末日，今晚的午夜零時會有隕石……不對，嗯，地球會從中間裂成兩半？直接爆炸？消失？毀滅？喔！這個比較好。」我清了清喉嚨，朗聲說：「聽好了，今天晚上地球會毀滅。」

「我覺得先擬好說詞比較有氣勢喔。」

子堯發出苦笑，平靜地接續話題。

「為什麼這麼突然呢？」

「這、這個，為什麼喔？嗯，應該該說聖嬰現象還是南北極的磁場問題比較恰當呢……總、總之在太陽風暴和地球各種效應的交互影響下，地球會在今天毀滅啦！就是這樣！」

「我沒有在問地球毀滅的理由啦，只是想知道為什麼妳會突然這麼說。」

子堯笑著補充。

認清自己毫無一絲絲編寫故事的天分，我垮下肩膀，自暴自棄地總結。

「總而言之！我們就將今天當作世界末日……不要追問理由！那麼請問你在地球毀滅的最後一天，你想要做什麼？」

「這個想法真是嶄新。」

子堯前傾身子，雖然試圖壓抑興奮卻仍然難以自制地咧嘴露出笑容。這是他打從心底感興趣時候的反應。不過這份興奮感持續不到一分鐘，子堯隨即喪氣地垮下肩膀。

「我不能離開醫院。」

「放心，我剛才已經拿到醫師的許可了，只要不進行過度的激烈活動就可以外出。姑且還有幾點絕對不能做的禁止事項，不過我覺得應該不至於做出這種事情啦，醫師太過緊張了……你也不會想要去高空彈跳對吧？」

子堯訝異接過有醫師簽名的紙張，久久無法言語。

「所以你的狀況如何？」

我用強勢的態度轉回正題。

「這個……挺不錯的，昨天甚至繞著醫院的庭院散步了好幾圈。不過突然外出不太好吧？」

「嘿，今天可是地球毀滅的日子，別對這種無所謂的小事斤斤計較了。」

「真是蠻不講理。」子堯微微一笑，接著說：「瞭解了，那麼先讓我換個外出的衣服吧。」

「這樣的態度就對了！我去走廊等！」

我揹起布包，難掩笑意地大步走出病房。

數分鐘後，換成襯衫和牛仔褲的子堯不疾不徐地走出病房。

「那麼我們該先去哪裡？」

「……說起來，這是我第一次翹課。」

「根據從書本看來的內容，翹課大多是為了抽菸、喝酒以及與翻出校園打架，那麼我們要先挑哪一個？」

「那是哪個年代的刻板印象啦，算了，交給我全權決定吧。」

放棄派不上用場的子堯，我果斷地領頭離開醫院，搭乘十多分鐘的公車來到第一站。

「——遊戲中心嗎？總覺得語煙的印象和我也差不多嘛。」

「囉嗦！」我紅著臉回嘴：「這裡很有翹課的氣氛好不好，看看裡面到處都是和我們差不多年紀的翹課學生，嗯……也有不少刺青的少年少女呢。說得也是，畢竟現在是上課時間。」

「雖然我不太清楚，不過感覺學校的教官或警察會來這邊巡邏，如果被抓到……嗯，應該也挺有趣的，畢竟能夠參觀警局的機會也很稀少。」

「還是算了。難得地球毀滅的最後一天，我可不想將時間浪費在警察局。」

「真心話呢？」

「感覺會被找麻煩，好恐怖。」

「太好了，畢竟如果和其他人起衝突，我應該打不贏。」子堯舉起右手臂，擺出健美比賽「Front Double Biceps」的姿勢展示基本上沒有起伏的二頭肌。總覺得隨著認識子堯的時間越久，這種不知何時才會派上用場的冷僻雜學不停累積，甚至隱約有超越課本知識的跡象。

難得來到遊戲中心，什麼也不玩就離開也覺得不划算，於是我們兩人來回徘徊在店外佔據整面牆壁的扭蛋機，分別討論該扭哪一種作為紀念比較好。

我對於能夠當作小擺飾的可愛公仔頗有興趣，偏偏子堯盡是在一些女裝野獸、沒有料的壽司和木材（100%）之類的奇怪扭蛋前面徘徊，令人不禁擔憂起他的審美觀。

最後我們達成協議，扭一款名稱是「害羞鯊」的Q版鯊魚扭蛋。

我的目標是發呆而張大嘴巴的那隻，子堯則是想要踩在鮮黃色衝浪板的那隻。這次我就沒有抱怨他的品味真的很奇怪這件事情了。

投下硬幣之後，子堯趣味盎然地轉動把手，接著扭開塑膠殼，從中倒出一隻純白色的鯊魚公仔。

我不停轉移視線輪流注視扭蛋機上頭的海報和子堯掌心的公仔，然而無論怎麼比對都不符合上面的六款款式，單純只看動作倒是和齜牙咧嘴的那隻一模一樣。

「……這是瑕疵品吧？」

「嗯，應該是在製造過程中忘記上漆了。」

子堯說歸說，倒還是將那隻公仔捧在掌心仔細端詳。

「你要留著嗎？還是去找店員退錢？」

「先問問看發生這種事情的正常處理程序吧。」子堯站起身子，抬頭挺胸地踏入遊戲中心，隨手攔住一位頭髮染成藍色的店員小哥，

我站在門口看著他們兩人的互動。好半晌，子堯才滿臉疑惑地走回我身旁。

「怎麼了？」

「不曉得為什麼，店員用三倍的價錢把公仔買走了。」

「店員？不是店長嗎？」我停頓片刻，聳肩說：「世界上什麼奇怪的傢伙都有呢。那麼時間也差不多了，找家店解決午餐吧。」

「那麼我請客吧。」

「沒關係啦，180元要支付兩人份的餐費有些勉強吧。」

「我身上又不是只有180元。」子堯失笑說：「難得地球毀滅的日子，讓我請妳吃一頓飯吧。」

子堯貌似想要耍帥，我聳聳肩，坦率接受這個好意。

離開遊戲中心的我們開始在商店街漫無目的地徘徊，經過速食店、日式蓋飯店、義大利麵店、披薩店和印度咖哩店，最後卻停在一家名為「Fourmis」的麵包店。

子堯若有所思地盯著那串不曉得是什麼語言的店名，似乎已經忘記不久前說要請我吃飯的事情。

雖然我並不討厭吃麵包，嚴格來分類應該算是喜歡的那一邊，不過仍然覺得有些氣悶。

「語煙？怎麼了？」

回過神來子堯已經推開玻璃門打算進入麵包店了。

我收斂起煩躁的心情，擺出笑臉跟上。

室內相當明亮，某種淡淡的甜味飄盪其中。那是和母親低聲唱著的搖籃曲、彈珠汽水壓下彈珠的聲音、小嬰兒軟綿綿的笑臉以及午後趴在陰涼處打盹的貓咪相同，令人不禁湧現幸福感。

烤好的麵包依序放在木盤，散發香味。

「請慢慢看，歡迎試吃喔。」

頭頂綁著紅色三角巾的女性店長微笑招呼。

我頷首回禮，接著視線落到櫃台旁邊的冷藏櫃。

兩個一組的方式排列著各種精緻蛋糕。

黑森林、蒙布朗、起司千層派、輕乳酪、帕瑪森乳酪、巧克力香蕉、戚風、咖啡摩卡、香草慕斯、水果慕斯杯、達克瓦茲、拿破崙、波士頓派、提拉米蘇、閃電泡芙。視線最後停在最角落的草莓奶油蛋糕。

立在一片純白奶油當中的草莓裹著一層琥珀色楓糖漿，閃閃發亮，看起來像是某種寶石。

「想吃蛋糕嗎？」

子堯問。我搖搖頭，然而立刻就感到後悔了。

在店內順時針繞了好幾圈，最後我選了一個火腿和生菜夾心的可頌三明治，子堯則是選了最普通的菠蘿麵包。

結帳時我注意到收銀機旁邊的小竹籃則是放著好幾杯可愛的焦糖烤布蕾。綁在玻璃瓶口的緞帶相當別緻。店長小姐笑著推薦，雖然我說不需要，不過子堯還是買了兩個焦糖烤布蕾。

其後，我們移動到店外附設的黃銅長椅，邊看著街景邊吃著麵包。

正午時分，商店街的人潮寥寥無幾。

「——Fourmis這個詞彙記得是法文中『螞蟻』的意思。」

我沒有追問子堯究竟從哪本書、或是網路的哪篇文章得知這個雜學，只是囁嚅地重複好幾次那個彆扭的發音，努力記住。

子堯剝下波蘿麵包的脆皮，捏住邊緣一片一片地吃著。

我為了能夠一次吃到所有餡料，我將嘴巴張開到極限咬著，沒想到三、兩口就吃完了。覺得不太滿足的我只好轉身回到麵包店又買了一個。

當我吃完第二個可頌三明治的時候，子堯也正好吃完波蘿麵包。

「那麼接下來就是甜點時間了。」

子堯喜孜孜地拿出兩個焦糖烤布蕾，見狀，我趕忙阻止。

「等等，先拍照。」

我搶下其中一個玻璃瓶，將之放到木椅，拿出手機切換成相機模式開始尋找適合的角度。

「妳這個部分倒是挺女孩子氣的。」

「那算什麼。」

我瞪了子堯一眼，不過其實不太生氣。

確認照片拍得很清楚之後，我們捧著冰涼的玻璃杯，用塑膠小湯匙挖著烤布蕾。最頂層的焦糖很硬，我敲了好幾次還是沒有破，只發出聽起來很像風鈴的聲音。

「那麼你有想要去地方嗎？」

對此，子堯作出一個不置可否的表情。

「今天可是地球毀滅的最後一天，奇蹟會稍微奢侈地大量出現，因此不管你想要去哪裡都沒問題……嗯，當然啦，如果是國外之類的場所可能在護照方面會產生一點問題就是了……」

「我想要去學校看看。」

「好，走吧。」

我很慶幸這次自己沒有任何遲疑，能夠理所當然地贊同。

子堯抿起嘴唇，有些粗魯地點頭。

接著，我注意到他的耳垂變得紅通通的。

身穿便服當然不可能進入校園，因此我們先回家換裝。

搭乘十多分鐘的公車，我們回到寧靜的純住宅區。經過小公園的時候，能夠看見三名推著娃娃車的年輕媽媽圍坐在涼亭，互相聊天。

「咦？原來妳家是公寓喔？」

「我沒提過嗎？雖然講到這個好像也沒什麼意思啦。」

我領著左顧右盼的子堯經過警衛室，搭乘電梯來到五樓。

「家裡挺亂的。」我邊說邊拿出鑰匙開門，率先推門而入。

「打擾了。」子堯謹慎地踏入玄關，彎腰將脫下的運動鞋靠攏反向排好，環顧走廊之後發表了中規中矩的感想：「是個很乾淨的住家。」

「我的房間在二樓，走吧。」

我領頭踩上樓梯，逕自走進房間從衣櫃取出體育服裝和體育服外套塞給侷促不安的子堯，吩咐：「你在走廊換吧，動作快點。」

語畢，我隨即關起房門。

由於學校只有在運動服上衣區分男女顏色，只要子堯在外面套上一件外套應該不至於被看穿。我一邊換穿成制服，一邊思索有沒有遺漏的部分。然而光是「和子堯一起翹課進入學校」這件事情就將內心佔得滿滿的，無法順利思考。

很快就換成制服的我坐在房間地板，併攏雙腿，瞪著立身鏡邊緣的黃色倒影，好一會兒才意識到那是衣櫃握把的顏色。

「——語煙，我換好了。進去囉？」

「嗯。」我趕忙站起身子。

伴隨著門板開啟的咿啞聲響，體育服裝扮的子堯踏入房間。

那瞬間，凝視著眼前身穿體育服的子堯，我忽然產生打從開學以來就一直和他同班的奇妙錯覺。

畢竟這樣才是理所當然的事情吧？子堯應該在教室和同學們喧鬧聊天，在籃球場追逐著橘色的球大聲吆喝，在福利社推擠著搶奪最受歡迎的豬排炒麵，而非一個人待在安靜、沒有溫度且異常明亮的病房床鋪默默看書。

「——不適合嗎？」

大概是我的沉默持續太長的時間，子堯難得緊張地催促。

「……放心吧，看起來就是普通到不能再普通的高中生。」

說完之後才察覺這個說法或許會讓子堯以為我在諷刺，雖然想要改口卻只覺得會越描越黑，只好轉而說：「走吧。難得都要進去學校，還是趁著放學前才能夠體驗氣氛。」

「嗯，說得也是。」

子堯動作僵硬地頷首，這麼說。

前往學校的途中，子堯相當緊張，無論我說什麼都顯得心不在焉。

這個情形直到確實抵達學校的時候才有所好轉。

雖然是看到膩的校舍模樣，不過子堯卻著迷似的抬頭仰望，良久才猛然回神地詢問：「那麼我們該怎麼進去？」

就算穿著制服光明正大地走進校門，警衛室的伯伯也有可能連絡教官來處理，到時候光是填寫資料可能就會露出馬腳了，保險起見，我決定採取「翻牆」這個方法。

「語煙，這個作戰方案沒有問題吧？」

發出詢問的子堯雖然始終掛著一如往常的微笑，不過似乎難掩擔憂，輪流端詳圍牆和鋪設著石磚的人行道。

「放心吧，如果我的記憶無誤，這個位置正好對著腳踏車棚，翻過去之後不怕沒有東西踩，唯一需要克服的難關只有該怎麼爬上去而已。轉角那台攝影機感覺也照不到這麼遠的位置，很好，趁著現在沒什麼行人快點動作吧。」

「……聽起來已經是無能為力的難關了。」

「總要嘗試看看，真的不行再想其他辦法。好了，踩上來！」

我蹲下身子，打算讓子堯踩住自己的肩膀將他撐起來。雖然一開始子堯展現出執拗的抗拒態度，不過我壓低嗓音、強勢地催促幾句之後也屈服了，脫掉運動鞋將鞋帶互綁掛在脖子，小心翼翼地踩住我的肩膀。

感受著踩在肩膀的重量，我用雙手扶著圍牆的磚塊緩緩起身。

兩人相加的高度勉強能夠讓子堯的手掌攀住圍牆頂端。

在我即將撐不住的時候，奮力一蹬的子堯總算爬上圍牆。我揉著懷疑可能已經淤青的肩膀，急忙喊：「等等，你不要直接下去，待在那邊拉住我。不然我一個人跳不上去。」

聞言，子堯為難地左顧右盼，挪動身子調整好姿勢之後坐在頂端，向下伸出雙手。

「拉住我的時候重心往後移，利用體重應該能夠拉上去。」

吩咐完，我後退兩步，使盡全力往前邁步。理想中是順勢踩著牆壁跳到能夠抓住子堯手臂的高度，不料運動鞋剛踩在牆壁就直接往下滑，害得我直接失去平衡跌落在地。

見狀，子堯著急地問：「沒事吧？」

「沒、沒關係，小摔了一下而已。我很結實的。再來一次。」

我雙手按著發疼的臀部，努力擺出笑臉再度後退。

這次我學乖了，沒有打著飛簷走壁的念頭，助跑之後單純原地跳起，高舉起雙手讓子堯將我往上拉，雖然肩膀關頭感覺快要脫臼了，不過總算順利將身體的重心放到圍牆上面。

轉頭一望，雖然距離原本預料的位置有些微差距，不過只要伸腳勉強可以踩到腳踏車棚的屋頂。互相攙扶之後總算順利落地，正式潛入校園內。

「太好了，看來是掃地時間，有二十分鐘可以導覽校園。」

雙手叉腰的我努力平緩急促的呼吸，看著不遠處手持掃地用具的學生們。

身旁的子堯正在重新綁鞋帶，疑問反問：

「既然是掃地時間，應該也會有學生出來掃圍牆外面的柏油路吧？我們可以假裝成他們的其中一員進入學校吧？不過既然妳這麼堅持翻牆，大概有某種我沒有考慮到的深意。」

「……嗯。」這種時候拉不下臉承認單純只是自己沒有想到，我故弄玄虛地輕咳，喊了聲「快點走吧」就往前邁步。

我們混在學生當中無目的地漫步，同時順便進行介紹。

「校舍主要依照國英數社自這些科目和音樂、美術這些科目分為普通教室和特別教室，三棟並排的校舍雖然有名字不過我們都用年級來稱呼，像是一年級那棟、二年級那棟這樣，三年級那棟則是連著特別教室的校舍，這邊雖然也有『和平樓』、『恕人樓』之類的名字，不過我還是習慣用教室來喊，像是音樂教室那棟、家政教室那棟。」

雖然都是一些無關緊要的情報，然而子堯聽得相當認真，

大致將校園繞過一圈，我們並肩坐在福利社旁邊的走廊矮牆。我舔著蘇打冰棒，子堯則是用雙手捧著鐵鋁罐的碳酸飲料，眺望遠處的籃球場。

我們之間放著殘留醬汁的塑膠盒。剛才子堯說著想要嘗試學校餐點而買的豬排炒麵，雖然不停抱怨「好鹹、豬排好硬」不過還是一個人吃完了。

這條走廊是前往福利社的必經之處，人潮絡繹不絕。

子堯似乎很在意在籃球場嘻笑打鬧的那群男生，不時左右擺動身子從人潮的縫隙窺探，直到喝光碳酸飲料的時候才往後仰，雙手撐住矮牆邊緣。

「原來學校生活的下課時間是這樣的感覺。」

嚴格來講，必須先經過枯燥乏味的50分鐘課程才能夠真正體驗到下課時間的美好之處，不過我沒有潑冷水，只是詢問：「你完全沒有上學嗎？」

「國小低年級的時候應該有斷斷續續地去過學校，不過那方面的記憶太過遙遠了。有時候甚至懷疑會不會是夢境、妄想和現實混合而成的產物。」

我嘗試回想國小時候的自己，明明只是四、五年前的事情，然而記憶的斷層卻空白到令人震驚的地步，宛如試圖窺探漣漪迴盪的水潭深處，越深處的部分就越是模糊破碎。

「——我並不在意喔。」

子堯勾起嘴角，緩緩搖動手中的鐵鋁罐。

我微微一愣，忽然間不曉得他究竟在說什麼話題，「嗯」了一聲敷衍過去。

直到上課鐘響，我們才轉移陣地，前往恕人樓的三樓角落。這裡是美術教室那棟樓，如果是水彩畫的課程，不時有學生得離開教室到廁所裝水、洗手，拍攝真人剪貼漫畫的課程時更是能夠到處亂跑，對於翹課的學生而言無異於是最佳掩護。

雖然時機不佳，此刻沒有任何班級在上美術課。三樓走廊一片寧靜。

暗忖只要用「出來上廁所」的藉口應該也能夠矇混過關，我坐在階梯沒有陽光的那一邊，從建築物的縫隙看著藍天。

「在這邊稍微消磨時間吧。等到體育課的班級開始自由活動的時候我們就混進去，如果有認識的人說不定可以一起打球，排球的話應該不算激烈運動吧。」

子堯坐到我旁邊，頗為疑惑地問：「妳想要活動身子嗎？」

「你剛才一直在看籃球場，不是想要打球嗎？」

「只是沒機會親眼看到籃球比賽，多看幾眼而已。我算是運動白癡，小時候住院之前多少也玩過鬼捉人、跳繩或是踢球，然而無論哪一個都只有留下悽慘無比的記憶，不過如果是運動類型的遊戲倒是挺拿手的。」

「……那樣毫無意義吧。」我無奈嘆息：「那麼就不下去操場了，待在這邊等到放學時間再離開？」

「悉聽尊便。」

於是我們並肩坐在通往三樓階梯的最後一階。

陽光在樓梯的轉折處拉出區分明暗的界線，透過縫隙看見的狹窄藍天異常燦爛。

子堯忽然往後躺，雙手枕在腦後。

明明比起先前的行為根本不算什麼，我卻覺得「躺在學校走廊的地板」是一件相當有罪惡感的事情。取出面紙刻意放慢動作將地板擦拭乾淨之後才緩緩躺下。

視野一瞬間變得相當遼闊，能夠隱隱約約地聽到講課的麥克風聲。

意識到旁邊就是子堯的時候忽然覺得很不好意思，不過還是繃緊表情側著臉。

我們的臉靠得很近。能夠感受到彼此呼吸的近。

我注意到他的嘴唇末端沾著豬排炒麵的醬汁，濃稠的一個小黑點，好像還混著黑胡椒粒。

子堯沒有看向我，相當筆直地凝視天花板。

我順著他的視線瞄了眼，然而卻沒發現有什麼好看的，繼續回到側臉看著子堯的姿勢。當然，盡量維持面無表情。

「吶，語煙，妳將來想要從事什麼工作？」

「……國文老師吧。」

「感覺很適合妳，和名字也相符。」

「那算什麼爛理由。」我停頓片刻，讓唾液滑過乾澀的喉嚨內壁，繼續這個話題：「你呢？」

「我希望能夠成為醫生。」

子堯的回答相當迅速，不假思索。

「真是遠大的志向，光是大學要讀七年這一點就讓我佩服不已了。」

「畢竟是救治生命的職業，需要將近兩倍的時間學習也是理所當然的事情。」

我平靜地接續話題。

用著彷彿「子堯真的能夠成為醫生」的語氣談論下去。

「那麼你想要走哪個領域？」

「第一志願是外科，不過如果能夠成為小兒科醫生或心理醫生也不錯。」

「你不會怕血嗎？我光是想像切開身體的畫面就覺得手指發軟了。」

「雖然沒有實際經驗，不過我應該算是不怕血的類型，手也挺巧的，應該能夠勝任才是。不久前也有嘗試過刺繡，但是後來必須一直拜託其他人買各種素材覺得不好意思就放棄了。」

「但是醫生很累人喔，就算畢業了依然每天在燒肝。」

「世界上沒有所謂很輕鬆的職業吧。」

我頓時被這個無法反駁的大道理壓得啞口無言，沉默片刻才轉而問：「但是難道不會想從事其他職業嗎？如果從幫助大家的方向思考，除了醫生應該也有很多更具挑戰性的職業，像是……警消人員、在戰亂地區服務的國際組織員工或是無國界醫師……嗯？等等，無國界醫師也是醫師的一種，最後這個當我沒說。」

子堯一笑，微微抬起頭上下交換枕在腦後的雙手。

「我曾經在網路看過一份職業清單，裡面確實有不少連名稱都沒想過的特殊職業，印象比較深刻的有忍者、義肢調整人員、宇宙旅行規劃專家、動物溝通師或是惡臭判定人員。」

「……宇宙旅行規劃專家是神棍吧？現在的科技還不能進行宇宙旅行吧。」

「好像可以搭乘火箭，到宇宙進行四分鐘左右的無重力體驗，雖然所費不貲就是了。」

「有錢人的想法真難理解。這麼說起來，你沒有想要成為老師嗎？明明很尊敬我家老爸？」

「這個是僅次於醫師的目標。」

「不能算僅次於吧，明明早就列了外科、小兒科和心理科這些優先順位了。」

「真嚴厲啊。」

子堯發出輕笑。

他的笑聲真的很適合校園。雖然馬上就意識到這個想法很突兀、不合語法，然而我卻想不到更適合的說法了。

或許是被談話吸引了，也有可能單純我的注意力都集中在子堯認真談論某件事情的專注側臉，因此直到最後關頭才發現有個深綠色軍服的身影從二樓正要走上來。

「——糟糕，教官來了！過來這裡！」

我趕忙爬起身子，拉住尚未理解情況的子堯躲到樓梯口的另外一側。

「咦？上廁所的藉口呢？」

「這邊沒有其他地方可以躲，一男一女同時出來上廁所怎麼也說不過去吧。」

「那麼剛才怎麼不先移動到廁所旁邊？」

「當然是因為我不想在廁所旁邊聊天啊！先閉嘴啦！」

我著急地左顧右盼，思考脫身方法。如果壓低身子快步前進，或許可以藉由牆壁的掩護在被教官發現之前從另外一邊的走廊繞回普通教室的校舍，然而那麼做就無法確認教官的動向，倘若不巧賭輸二分之一的機率就會直接撞個正著了。

在我猶豫不決的時候，子堯忽然果斷地說：「跑吧！」

下一秒，子堯用力握住我的右手，直接邁開腳步。

似乎沒有料到我們會直接逃逸的教官慢了半拍才開始追趕，能夠聽見氣急敗壞的呼喊和腳步聲。子堯完全沒有回頭，專心致志地逃跑。

這個時候，下課鐘聲忽然響起。

從校園最高的鐘樓，一聲一聲地傳遍每個角落。

激烈鼓動的心跳、鐘聲和用力踩在走廊地板的衝擊似乎變成連續的頻率，彼此共鳴。

藉由紛紛離開教室的學生們作為掩護，成功甩掉教官的我們停在腳踏車棚的陰影處暫作歇息。

「沒、沒想到竟然真的甩掉了。」

我不時轉頭張望，重複了好幾次，確定已經看不到教官的身影之後才轉而凝視子堯被浸濕的黑髮。

汗水順著髮尾緩緩滑落，流過耳後、下顎、頸側並且停在突起的鎖骨末端。

子堯能夠奔跑、大笑、喧鬧，若非親眼見過手術過後彷彿隨時會消失的脆弱模樣，我肯定無法相信眼前的他罹患重病不久於人世。

「沒問題吧？」我問。

「咦？」子堯依然在平緩呼吸，雙手叉腰地對著天空張開嘴巴喘息，接著又用雙手撐住膝蓋對著地板用力呼氣。不停重複這兩個動作。

許久之後，子堯才對著我露出疲倦的笑容。

「好久沒有這麼盡興地跑步了，感覺真暢快。」

「身體沒問題吧？」我又問了一次。

「渴了，我們去便利商店買冰來吃吧。」

子堯答非所問地將瀏海撩到腦後，笑著這麼提議。

那天，我們因為在外面待到深夜才返回醫院，雖然躡手躡腳地試圖回到病房卻在大廳就被抓包，並肩站在值班的年長護理師面前，吃了一頓狠狠的痛罵，不過依然趁著護理師不注意，偷偷用眼角對著彼此苦笑。

還記得那個時候，子堯吐出舌頭做了一個鬼臉。能夠看到被色素染成淺藍色的舌尖。

初次見面的時候，子堯給了我一個直到今日依然得不出答案的問題。

在思考只有自己能夠得出的答案時，我也忍不住思考著子堯的答案。

——他希望能夠在這個世界留下存在過的痕跡。

僅此而已。

看似輕易，然而卻也不是能夠簡單達到的目標。

「我會記得你，這麼一來世界就有你的痕跡了。」

我曾經這麼回答。子堯只是苦笑著搖頭。

「那樣不夠。」

接著用輕描淡寫卻堅定的語氣這麼說。

「我知道自己無法成為某個人心目中的唯一，因此至少要在更多人心中留下會記住一輩子的事蹟，換句話說就是以量致勝。」

「……加上那句成語之後整體的氣勢就弱下來了。」

「其實我也覺得應該有更好的詞彙，偏偏琢磨了好久都想不到。」

子堯頓時垮下肩膀，子堯懊悔地搔著臉頰。

這種偶爾突然出現的孩子氣反應總是令我措手不及。我會下意識地認為子堯相當成熟，對於各種事情都有一番深刻獨到的見解，然而實際而言他是我的同學，從未經世故的角度看來或許比我更加青澀。

「你是我所認識的人當中最特別的，這些日子也是從前的我不可能想像的珍貴經驗，我有自信不可能會忘記，套用剛才那個理論，你就是我的唯一，既然如此為什麼會不夠？」

「目前的階段來說，可能是如此。」

「……什麼意思，講清楚一點。」

「語煙，妳的未來不會永遠停留在此刻，隨著進入大學、進入職場，肯定會遇見更多、多到連名字都無法準確記住的人……是的，我也覺得妳會記得『李子堯』這個名字。」子堯自嘲地苦笑：「然而終究只會在睡不著的深夜時分或偶然經過醫院的心血來潮才會想到，如同兒時某些特別鮮明的記憶或是曾經聽過的片段音樂，只是一個回憶。」

我想要反駁，然而卻在最後關頭咬住嘴唇。

經過這段時間的相處，我知道半吊子的論點在子堯面前不堪一擊，必須是切身思考過、絞盡腦汁而得出的論點不可。

「我很感謝妳，語煙，謝謝妳願意花費時間陪伴我，就算這份感情的本質是同情也沒關係，畢竟以結果看來，我得到了比待在病房充實數百倍的生活。」

——那個時候的我是怎麼回答的？

我有否認嗎？我有將自己真正的情緒組織成言語傳達給子堯嗎？又或者，我屈服於當時的氣氛，嚥下憤怒，只是在心中反駁而已呢？

這個時候街道的亮度猛然提升。

我反射性地瞇起眼，抬頭張望才發現是那片原本遮住太陽的雲移開了。

我走進騎樓的陰影處，然而黏在皮膚的熱度似乎沒有因此減少，只好加快腳步踏入醫院的前庭。沿著榕樹的陰影走在車道邊緣，最後坐在一張擺放在前庭角落的長椅。

這個長椅是我們的固定座位。

如果在子堯身體狀況不錯的日子，我們總會繞著醫院散步，最後坐在這個長椅無邊無際地閒聊。

「距離那天已經過了一年的時間，我仍然記得你……雖然你肯定會說這樣不夠吧。」

我邊說邊將六面都整齊排列的魔術方塊放到涼椅另一端，往後靠著椅背。

夏日傍晚的微風仍然帶著揮之不去的悶熱。

制服後背被汗水浸濕，整片布料都黏在皮膚，很不舒服。

「——吶，我贏了。」

我緩緩吐氣。

不是自言自語，卻也不是對著特定人物而說，用著介於兩者的曖昧語氣繼續開口。

「雖然花了一年的時間，不過我總算不靠任何密技自行摸索出拼好六面的方法了，當初你那個拼好一面之後再拼第二面的理論根本是錯的，害我白白浪費好幾周的時間。」

從樹葉縫隙透下的破碎陽光似乎更加眩目，扎得眼睛隱隱作痛。

我垂下視野，轉而凝視泥土地不停搖晃的斑駁光影。

「當初我們沒有約定好賭注真是失策……這麼說起來，你大概覺得在這件事情不可能輸給我吧，畢竟理科是你的強項。」

樹葉沙沙作響，不過很快就被聒噪的蟬鳴所掩蓋。

從這個位置也能夠看見停車場，然而卻看不到子堯的病房窗戶。不如說，在陽光的反射下，所有的窗戶都呈現一片白光，無法看見內側的景象。

我的視力很好，然而瞇起眼睛也看不見白光以外的畫面，持續凝視直到眼球發疼，淚水無法遏止地從眼角溢出，即使繃緊臉龐也無濟於事。

我用力閉緊眼睛再睜開。

視野因為壓力而變得模糊不清，淚水暈開了光線，折射出無數疊影。

迅速站起身子依然無法驅散這股徘徊內心的濃稠情緒，我單手抓起魔術方塊，轉身奔跑。

或許是體育課總是趁著老師不注意偷懶的緣故，很快就氣喘吁吁、視野發黑、腹部絞痛且雙腿逐漸失去知覺，儘管如此，我依然繼續邁出腳步，朝向不曉得會通到哪裡的街道彼端奮力奔跑。

我有許多後悔不已的往事。

我有許多尚未達成的遺憾。

儘管只是少女漫畫的結局、下個月發售的新口味巧克力、日本的年末整人節目、最喜歡推理小說家的新作、好不容易搶到而還沒去聽的演唱會門票以及快要湊滿點數的免費咖啡兌換券這些微不足道的瑣事，然而如果無法達成，依然會覺得很不甘心。

既然如此，子堯抱持的後悔與遺憾究竟勝過我多少，光是想像就覺得心臟彷彿被緊緊捏住，即使大口吐息也無法減輕痛楚分毫。跑著跑著，途中不小心撞到一位佇立在人行道的上班族大叔，我沒有止步，拋出「對不起」後就繼續奔跑。

都市的絢麗色彩飛快流逝在眼角末端。

雙腿已經超越痠痛的程度直接麻痺了，腳底踩在地面的衝擊似乎直接傳遞到頭頂，震得視野劇烈搖晃，只能夠勉強辨識事物的輪廓。

我持續奔跑，奔跑，奔跑，奔跑，再奔跑，直到雙腿再也無法抬起的時候才誇張地攤開雙手，筋疲力竭地倒下。

右手的手指關節隱隱發疼，原來是用力過猛導致魔術方塊的角壓迫到血管。

彷彿溺水似的大口喘息了許久，視野總算逐漸聚焦。

後背傳來刺刺的觸感，我從視野內僅存的景物判斷自己應該躺在不曉得哪座公園的草皮矮坡。

夜幕低垂的天空塞滿視野。看不見星星也看不見月亮。

似乎有人聚在不遠處對我指指點點，不過也有可能只是嗡嗡作響的腦袋產生的幻覺。雖然哪個都無所謂了。

不曉得過了多久，有可能是幾十分鐘也有可能是幾個小時，我總算覺得手指末端的感覺回來了。

用身體不會察覺到的緩慢速度站起身子，接著一個重心不穩，膝蓋撞到某個硬物。

湊著月色和路燈的光線，我看見那是一塊寫著「請勿踐踏草皮」的木頭立牌。

低頭看著那塊歪掉的木頭立牌，我蹲下身子將之擺正，接著才搖搖晃晃地尋找公園的出口。

回到家裡的時候已經是深夜時分。

耗盡最後一絲力氣的我直接坐倒在玄關，咬緊牙關強忍住反胃感，凝視著門縫旁邊的小蜘蛛網。蹭掉鞋子的時候有一顆小石子彈到地板，跳了好幾下才停止。難怪剛才跑步的時候總覺得每踩一步腳底都會傳來刺痛。

瞪著那顆小石子許久，我直接往後躺在走廊，讓後腦杓頂著地板。

這個姿勢比想像中更加舒服，我甚至湧現今晚乾脆直接睡在這裡的念頭。

好久沒有盡情大哭的暢快感和過度運動的不適互相混雜，內臟似乎全部都扭轉成線，擰出黏稠漆黑的液體堆積在下腹部。

片刻，我才察覺到家裡安靜得異常，似乎沒有任何人在家，移動視線望向鞋櫃上方的零錢碗之後沒有看見汽車鑰匙，推測爸爸大概直接開車到媽媽的娘家道歉了。

「看來明天晚上就能夠吃到熟悉的晚餐了。」

我自言自語，接著猛然想起今天只吃了一個便利商店的三明治。

我走到廚房，將胡蘿蔔、菠菜、蛋餃、蟹味棒和冷凍烏龍麵這些能夠找到的食材全部隨意切塊，然後一口氣扔進鍋子裡煮。調味方面有烏龍麵附贈的醬包，應該無須擔心。

直到滾沸的時候我才戴起隔熱手套，連同藤製的隔熱墊小心翼翼地直接端著鐵鍋來到客廳，放到桌面。抬腳將被擠到角落的坐墊踢到中央，我砰地坐下。

說也奇怪，明明剛才覺得餓到前胸貼後背，偏偏現在看著豐盛的晚餐卻又忽然沒有食慾了。姑且為了健康著想，我一根麵條、一根麵條地緩緩吃著。

將電視從第一台轉到最後一台也沒有看見感興趣的節目，乾脆直接關掉。

室內再度恢復寂靜。

我凝視著漆黑螢幕當中的模糊倒影，不知不覺間睡著了。

接著因為身體猛然痙攣而驚醒。

半夢半醒的我一瞬間不曉得自己身在何處，甚至差點打翻了鐵鍋，左顧右盼了好一會兒才將片段的記憶連結起來。

——現在幾點了？

我幾乎從沙發彈起身子，慌亂地在客廳尋找能夠顯示時間的物品，白白繞了好幾圈才想起手機就在口袋，趕忙取出。

螢幕顯示著03:47。

……錯過了午夜零時。

昨天結束了，我的世界再度迎來新的一天。

地球並未毀滅。

雖然是理所當然的事情，然而我不禁感到有些遺憾。

我一邊懊悔自己竟然在最重要的時刻睡著了，一邊囫圇吞棗地吃完剩下的湯麵，端著早已涼掉的鐵鍋走進廚房清洗。

收拾好餐具之後，我打開冰箱的冷凍庫，發現冰淇淋和冰棒的庫存都沒有了，只好退而求其次地倒了杯蘋果醋，端著馬克杯回到二樓房間。互相敲擊的冰塊喀喀作響。

我筆直走到書桌將電腦開機，經過漫長的運作之後屏氣凝神地登入論壇，搜尋那則「聽說，明天地球會毀滅」的討論串。

另外三位網友的回應都沒有出現變化，不過蝙蝠將批評的回應更改為「希望能夠扭到害羞鯊的隱藏版扭蛋」。

原來那個奇形怪狀的鯊魚公仔很有名嗎？竟然還有隱藏版的扭蛋。

我歪頭思索。

除此之外，討論串最底端也多了一則新回應。

帳號名稱「白雪」的網友說：「我知道你看得到，所以就在這邊說了！關於旅行那件事情我沒有意見，所以不要再傳訊息試探我究竟有沒有男朋友了！煩死了！還有今天我住在朋友家！不用擔心！」

發布的時間就在不久前。

我重複看了好幾次，忽然想到這位「白雪」應該打算針對前面其中一位網友的回應進行回覆，卻不小心打在最下方的回應欄位了。

好奇心使然，我點選系統預設的大頭貼，進入個人網頁觀看資料。

帳號名稱以外的部分都一片空白，註冊日期則是一個小時前。

愣愣凝視著那串日期，我忍不住開始思考白雪和哪位網友互相認識呢？他們之間的關係又是什麼呢？朋友、社團的學長姊和學弟妹、職場的同事、親子、夫妻、兄弟姊妹或者只是有過一面之緣的陌生人？

各種可能的想像交錯飛梭，我深呼吸一口氣，沉澱情緒之後才繼續發言。

「雖然只有五人回應，也不曉得你們究竟如何看待『明天地球會毀滅』這件事情，不過既然我現在仍然坐在電腦前面敲打鍵盤，表示地球並未毀滅。」

馬克杯的外緣開始出現小水珠。

一滴汗滑落脊背，讓我不禁打了個冷顫。

這個時候我才發覺忘記開空調，然而沒有體力起身尋找遙控器了，搖頭提振精神後繼續敲打鍵盤。

「其實，今天是我第二次體驗地球毀滅的日子。按照事情的先後順序，我想先來談談第一次的故事……一年前，同樣在一個蟬聲聒噪不已的盛夏，一位名為李子堯這名少年的故事——」

太多太多的回憶頓時浮現腦海，我不自覺地停下雙手，思考該先說哪個故事。

放心吧，子堯，我會讓除了自己之外的其他人也記住你的事情。

退讓百步，假使網友們都將這件事情當成過目即忘的小插曲，我也會永遠記得你。

作為內心的第一位。

作為時常縈繞心頭的繾綣記憶。

永遠記住「李子堯」這個人。

「這麼一來也算達成你的理想了……對吧。」

我勾起嘴角，閉起眼睛往後躺在椅背。

漆黑視野清晰浮現子堯露出無奈苦笑的表情。

子堯那個只拼出一面紅色的魔術方塊放在書架，旁邊則是我那個六面都完成的魔術方塊。兩個魔術方塊彼此依偎，在檯燈的照映下反射著淺淺亮光。

——地球並未毀滅，我們仍然會迎來嶄新的一天。

我用力站起身子，走到窗邊唰地推開窗戶，雙手撐在金屬窗軌將身子探出去。

抬頭凝視著漆黑深邃的夜空，我忽然很希望明天會是個萬里無雲的晴朗夏日。

艷陽高照、暑氣翻騰、蟬鳴聲不絕於耳的夏日。

（全書完）

【後記】

各位正在閱讀後記的讀者，晚上好，我是作者佐渡遼歌。

雖然不曉得各位會在何時閱讀這本書籍，不過我在打後記的時候已經是深夜時分，因此就讓我使用這個招呼語吧。

我尊敬的其中一位作家曾經在後記說過許多在書店翻看小說的讀者都會先從後記開始看，因此我現在正在打的內容或許攸關各位是否會拿著這本書前往櫃台結帳。一想到此，內心不由得湧現壓力，希望寫出詼諧風趣、引人入勝的絕妙內容，然而盯著筆電螢幕許久，依然想不到可以讓自己在深夜大爆笑的內容。

況且編輯說這次只有兩頁的頁面，上述各種胡言亂語已經佔據不少版面，只好決定先自我介紹。

各位好，我是佐渡遼歌。

第一次知道這個筆名的讀者，初次見面，將來還請多多指教；不是第一次知道這個筆名的讀者，許久不見，感謝您願意拿起這本作品。

誠如封面折頁的介紹欄位，夏日午後的陽光透入房間，眼前的書桌桌面擺放著筆電、尚未讀完的小說、剛出爐的麵包和加滿牛奶的咖啡，膝蓋上面睡著一隻貓，這個就是我認為最幸福的時刻。如果可以聽著輕柔的鋼琴音樂就更完美了。

話雖如此，現實卻是想看的小說都買來堆在書架上面卻尚未拆膜；一點點咖啡因就可以讓自己整晚睡不著所以大多喝果汁；打從高中就想要養隻貓咪，連名字都事先取好了卻遲遲沒有行動；打字的時候聽鋼琴音樂很容易恍神所以都聽重節奏的動畫歌曲，寫到靈感來的時候還會繞著房間打轉。將現實與理想比對，讓人不禁發出苦笑。雖然這樣的現實也不錯就是了。

這麼一來，如果地球會在明天毀滅，我要做的事情其實早就已經決定好了，醒來的第一件事情就是去養隻貓吧。

這部作品當中的角色們也都是如此，在聽見地球會在明天毀滅的時候感到詫異、感到好笑、感到不屑，一邊想著地球怎麼可能會毀滅，卻又不禁想著如果真的毀滅了怎麼辦，懷抱著各式各樣的想法與心情，依照自己的決定盡情度過地球毀滅前的最後一天。

雖然我屬於整本書看完才看後記的類型，不過我相信那位作家的話，努力不要寫出劇透的內容。希望看完後記的讀者在閱讀正文時可以一邊期待每位角色究竟會做出什麼樣的選擇一邊興奮地翻到下一頁。

如果看完之後偶爾會想起本書的某位角色、某句台詞或是某個場景，那麼就太好了。

那麼，頁數也差不多了，最後在此感謝幫忙校稿的齊安編輯大大、製作出完美封面的美編以及幫助本書出版的編輯部的各位，也再次感謝閱讀完這本作品的各位讀者，謝謝。

要青春42　PG2077

聽說，明天地球會毀滅

作　　者	佐渡遼歌
責任編輯	喬齊安
圖文排版	林宛榆
封面設計	楊廣榕
出版策劃	要有光
發 行 人	宋政坤
法律顧問	毛國樑　律師
印製發行	秀威資訊科技股份有限公司 114台北市內湖區瑞光路76巷65號1樓 電話：+886-2-2796-3638　傳真：+886-2-2796-1377 http://www.showwe.com.tw
劃撥帳號	19563868　戶名：秀威資訊科技股份有限公司 讀者服務信箱：service@showwe.com.tw
展售門市	國家書店（松江門市） 104台北市中山區松江路209號1樓 電話：+886-2-2518-0207　傳真：+886-2-2518-0778
網路訂購	秀威網路書店：https://store.showwe.tw 國家網路書店：https://www.govbooks.com.tw
總 經 銷	聯合發行股份有限公司 231新北市新店區寶橋路235巷6弄6號4F 電話：+886-2-2917-8022　傳真：+886-2-2915-6275
出版日期	2019年2月　BOD一版
定　　價	250元

Printed in Taiwan

國家圖書館出版品預行編目

聽說,明天地球會毀滅 / 佐渡遼歌著. -- 一版. --
臺北市 : 要有光, 2019.02
面； 公分. -- (要青春 ; 42)
BOD版
ISBN 978-986-6992-07-0(平裝)

857.7 108001068

讀者回函卡

感謝您購買本書，為提升服務品質，請填妥以下資料，將讀者回函卡直接寄回或傳真本公司，收到您的寶貴意見後，我們會收藏記錄及檢討，謝謝！如您需要了解本公司最新出版書目、購書優惠或企劃活動，歡迎您上網查詢或下載相關資料：http:// www.showwe.com.tw

您購買的書名：____________________________

出生日期：________年________月________日

學歷：□高中（含）以下　□大專　□研究所（含）以上

職業：□製造業　□金融業　□資訊業　□軍警　□傳播業　□自由業

□服務業　□公務員　□教職　□學生　□家管　□其它_____

購書地點：□網路書店　□實體書店　□書展　□郵購　□贈閱　□其他

您從何得知本書的消息？

□網路書店　□實體書店　□網路搜尋　□電子報　□書訊　□雜誌

□傳播媒體　□親友推薦　□網站推薦　□部落格　□其他__________

您對本書的評價：（請填代號　1.非常滿意　2.滿意　3.尚可　4.再改進）

封面設計____　版面編排____　內容____　文／譯筆____　價格____

讀完書後您覺得：

□很有收穫　□有收穫　□收穫不多　□沒收穫

對我們的建議：____________________________

____

____

____

請貼
郵票

11466
台北市內湖區瑞光路 76 巷 65 號 1 樓
秀威資訊科技股份有限公司 收
BOD 數位出版事業部

(請沿線對折寄回，謝謝！)

姓　　名：＿＿＿＿＿＿＿＿　年齡：＿＿＿＿　性別：□女　□男

郵遞區號：□□□□□

地　　址：＿＿＿＿＿＿＿＿＿＿＿＿＿＿＿＿＿＿＿＿

聯絡電話：(日) ＿＿＿＿＿＿＿＿＿＿ (夜) ＿＿＿＿＿＿＿＿＿＿

E-mail：＿＿＿＿＿＿＿＿＿＿＿＿＿＿＿＿＿＿＿＿